Nachtkastl-Geschichten

Zum Schmunzeln, Nachdenken und Träumen

Herausgeber: Institut Green Voices

Verantwortlich: Joy C. Green

© 2021

Herstellung und Verlag:

BoD—Books on Demand, Norderstedt

ISBN: 978-3-7543-4760-7

Impressum

Joy C. Green

Institut Green Voices

Felicitas-Fuess- Str 13

81827 München

info@greenvoices.de

Mobil: 0178- 6028526

Skype: joy c green

Nachtkastl-Geschichten

Zum Schmunzeln, Nachdenken und Träumen

Fotos: Gerald M.

Inhaltsverzeichnis

Vorwort

Wie motiviert man Menschen, die das sonst niemals tun, eine Geschichte zu schreiben und gemeinsam ein Buch zu verfassen?

Indem man ihnen plausibel erklärt:

Der Mensch ist das einzige Lebewesen, das Geschichten erfindet
und diese gerne untereinander erzählt.

Unser tägliches Dasein ist nichts weiter als eine Verkettung solcher
Geschichten.

In diesem Buch erzählen sie nun ihre Lieblingsgeschichten umrahmt
von Lieblingsbildern...

Joy C. Green

Foto: K.S.

We will

von Joy C. Green

Viele Tage voller Not und Leid
wie soll man da nicht verzagen?
Es schien keine Hoffnung weit und breit
wie soll man sich da nicht beklagen?

Wir geben nicht auf, we will go ahead, we'll go right ahead.
Will noch so viel Dinge tun   -
so viele Dinge tun...

Neue Wege tun sich vor mir auf,
ich will nicht mehr verzagen.
Ich hab' Hoffnung und vertrau darauf:
ich brauche mich nicht mehr beklagen.

Ich will ferne Länder sehen,
mit denen, die ich liebe Essen gehen,
will die umarmen, die immer zu mir hielten
und zu mir steh'n.

Rönna - der kleine Drache

von Joy C. Green

Bild: Alvin G.

Katharina schloss die Wohnungstüre so leise wie möglich, denn sie wollte niemanden wecken. Es war ja schon nach 22 Uhr! Sie seufzte; ja manchmal waren ihre Arbeitstage eben sehr lang. Aber kaum war die Türe im Schloss, hörte sie einen spitzen Schrei: "Mamiii!" Eilige Barfußschritte auf dem Parkett und eine große Umarmung an ihrem Bein von der 3-jährigen Erika, ihrer Tochter.

Jürgen stand in der Wohnzimmertür und zuckte entschuldigend die Schultern: "Ich hab's versucht, aber sie wollte partout auf dich warten...wegen morgen."

Na klar! Morgen war Erikas erster Kindergartentag und sie war sehr aufgeregt. Und nicht nur das. Erika machte sich auch Sorgen. Sie war klein, kleiner als fast alle anderen Kinder draußen im Hof und sehr zierlich. Wenn sie geschubst wurde, fiel sie schnell hin und wenn sie hinfiel, hatte sie viele grüne und blaue Flecke, die nur ganz langsam wieder weg gingen. Was, wenn nun die Kinder im Kindergarten sie ganz viel schubsen würden und sie immer blaue Flecke haben würde? Erika war nicht sicher, dass dieser Kindergarten eine gute Idee war. Sie hatte Angst davor.

„Erzählst Du mir eine Geschichte?" Erikas Augen waren groß und bittend. Katharina stellte die Schultasche vorsichtig ab und hob Erika zu sich hoch: "Hast Du schon Zähne geputzt?", fragte sie streng. Erika machte den Mund weit auf: "Jaaaa, ganz fest". Katharina lächelte: "Darf ich mir noch die Jacke ausziehen? - In 2 Minuten im Bett!" Erika flitzte los.

Katharina hängte ihre Jacke auf und schob die Schuhe ins Regal. Sie gab Jürgen einen Kuss auf die Backe und holte sich in der Küche ein Glas Wasser. An der Tür zum Kinderzimmer verharrte sie - das Bett war leer!

Ja, natürlich, wie konnte sie das nur vergessen haben! Sie hatte ja nicht explizit „Dein Bett" gesagt. Also ging sie in ihr Schlafzimmer und da lag Erika, gemütlich eingewickelt in Katharinas Schlafanzug („weil das so gut nach Mama riecht") unter der Decke. Sie klopfte auf die Stelle neben sich im Bett. „Komm, Mama."

Katharina stellte das Glas ab und kuschelte sich neben Erika. Sie konnte ihren Atem an ihrer Backe spüren als sie einen Augenblick die Augen schloss und nachdachte. Dann begann sie zu erzählen.

„Das kleine Drachenmädchen Rönna war sehr aufgeregt. Die letzte von unzähligen Flug-Lern-Stunden war vorüber und nun standen sie auf diesem zugigen Felsen und sahen hinab. Ihr war bang. Wie hoch das war! Ihre Augen begannen zu brennen und das war nicht nur der kalte Wind, der hier oben noch kälter zu blasen schien. Sie schielte aus dem Augenwinkel hinüber zu den anderen Drachenkindern, die mit ihr auf dem Felsen standen und - wie es schien - kaum erwarten konnten, endlich zum ersten Mal richtig fliegen zu dürfen.

Rönna erinnerte sich gut an alles, was Bastian ihnen in den letzten Stunden alles eingebläut hatte: klick- klick rechter Flügel auf, klick- klick linker Flügel auf, Kopf gerade, Blick nach vorne, Füße ganz nah am Körper. Jeder Drache kann fliegen!

Rönna drehte den Kopf nach hinten. Da standen die Drachenmamas und nickten ihren Sprösslingen aufmunternd zu! Was für ein aufregender, toller Tag! - fanden alle, nur Rönna war sich da nicht so sicher.

Dann kam das Kommando von Bastian und alle stießen sich vom Felsvorsprung ab, auch Rönna. Und sie fiel vornüber. Ihre Augen brannten noch mehr als vorher und füllten sich mit so vielen Tränen, dass sie gar nichts mehr sehen konnte. Sie fiel schwer wie ein Stein, so schwer wie sich ihr Herz anfühlte, und mit Macht fiel sie Richtung Boden.

„Rönna!" fuhr ihr ein scharfer Schrei von oben durch Mark und Bein. Da passierte es. Klick-Klick rechter Flügel, klick-klick linker Flügel- wie von selbst öffneten sich ihre Flügel, so wie sie es tausendmal geübt hatte.

Der feste Ruck nahm ihr fast den Atem, als der Fall zum Stillstand kam, und sie schwebte - auf den Thermen der Luft. Der kleine, zierliche Drachenkörper mit seinen kleinen, zierlichen Drachenflügeln, Rönna schwebte.

Die Tränen hörten auf zu fließen und als ihr Blick ganz klar wurde, sah sie erstaunt um sich. Wie wunderbar es hier oben war!

Berge und Täler, Seen und Flüsse, was für ein unglaubliches Bild!

Rönna knickte den linken Flügel leicht ab und drehte eine Kurve. Sie jauchzte vor Freude! Sie konnte fliegen! Sie, Rönna, die kleinste aller Drachenkinder, konnte fliegen! Sie konnte fliegen!! Wie unglaublich.

Und sie flog und flog und flog noch den ganzen Tag - bis sie müde und erschöpft und überglücklich am späten Nachmittag zum Felsen zurückkehrte."

Katharina spürte die gleichmäßigen Atemzüge von Erika an ihrer Wange, die Augen waren ihr längst zugefallen.

Sie kuschelte sich an Erika und schloss ebenfalls die Augen. Es war ein langer Tag gewesen.

Und sie flogen zusammen über Berge und Täler und Seen und Wälder.

Jürgen schloss leise die Zimmertüre und schlupfte vorsichtig unter die Bettdecke zu den beiden ins Bett.

Ob früher, ob später

von Micha B.

Dort gibt es keinen Schmerz, nur Freude- da bist du nun...

Dort fällt der Regen immer warm und milde- da bist du nun...

Ich möchte dort sein, wo der Wind weht- sanft und sachte- denn da bist du nun...

Der Ort, wo das Geheimnis ganz offenbar wird- da bist du nun.

Und dann stell' ich mir vor, dass du in Frieden ruhst,

wir vermissen dich so sehr, doch wir glauben ganz sicher daran:

Wir seh'n uns, ob früher, ob später,

es spielt keine Rolle, wie lang oder weit das Leben ist.

Und aus der Sicht des Himmels ist's ein Freudenfest – Du kommst heim.

Wir seh'n uns dort, ob früher, ob später...

Was kommt nach dem Tod? Ist er mehr als

nur unser Ende? Leben wir weiter?

Schicksal oder ergibt es Sinn?

Wir brauchen Glauben, Kraft und Zuversicht.

Ursulas Tag

von Micha B.

Foto:Micha B.

Ursula seufzte, als sie mit dem Wäschekorb Stufe für Stufe die Treppe in den Waschkeller hinunterstieg. Das Leben war so beschwerlich geworden! Sie fühlte sich müde und erschöpft und konnte sich kaum noch aufraffen, ihren Haushalt in Ordnung zu halten.

Nun lag ihr auch noch ihre Tochter in den Ohren, um die Feier ihres 80. Geburtstags zu planen, und das schon seit Wochen. Ursula seufzte noch einmal, während sie die Wäsche in die Waschmaschine steckte. Und ein weiteres Mal, als sie das Waschmittel einfüllte. Dann setzte sie die Maschine in Gang.

Das Haus war ruhig, wie ausgestorben, um diese Zeit. Die Nachbarskinder waren in der Schule, die jüngeren Nachbarn in der Arbeit und die übrigen noch älter und gebrechlicher als Ursula selbst. Im Erdgeschoß öffnete sie den Briefkasten und entnahm ihm zwei Briefe. Der eine trug das Logo der Stadtwerke, auf dem anderen war der Absender nicht erkennbar. „Vermutlich nur eine Rechnung", dachte Ursula. Sie kehrte in ihre Wohnung zurück, legte die Briefe auf dem Schuhschrank ab und hing ihren trüben Gedanken nach.

Sie war viel allein seit vor 2 Jahren ihr Mann gestorben war. Sicher, ihre Kinder gaben sich alle Mühe. Ihre Tochter Susanne, das Nesthäkchen, wohnte am Ort und kam fast täglich mit den beiden Enkelkindern vorbei. Ihr Sohn Rudi rief jeden Morgen an und auch Albert, der seit vielen Jahren weit entfernt im Ausland lebte, lud sie regelmäßig zu sich ein und kam jeden Sommer mit seiner Familie zu Besuch. Aber all das konnte ihr den Partner, mit dem sie über 50 Jahre verheiratet gewesen war, nicht ersetzen.

Sicher, als ihr Mann noch lebte, hatte sie oft unter seiner bestimmenden Art gelitten. Ihm hatten Frauen, die Hosen trugen, nie gefallen. Also hatte sie Röcke getragen. Er hatte auch nicht gewollt, dass sie sich in der Frauenhilfe engagierte. Dort hatte sie nun nach seinem Tod Anschluss gesucht, aber es war mühsam für sie neue Kontakte zu knüpfen. Ja, im Grunde hatte sie sich stets gerne angepasst, denn ihr Mann hatte sich um alle Dinge gekümmert, die ihr jetzt Unbehagen bereiteten. Wie zum Beispiel der Brief von den Stadtwerken, der ihr in diesem Zusammenhang wieder einfiel.

Sie holte die Briefe vom Schuhschrank, setzte sich an den Tisch im Esszimmer und öffnete sie. Die Stadtwerke baten aufgrund einer Umstellung um das Ablesen des Zählerstandes und Eintragung und Übersendung auf einer beiliegenden Postkarte. Ursula seufzte und setzte „Zählerstand ablesen" und „Karte an Stadtwerke" auf ihre Erledigungsliste. Sie musste sich alles aufschreiben, denn ihr Gedächtnis hatte deutlich nachgelassen und alles wurde ihr zu viel.

Dann öffnete sie den zweiten Brief. Darin fand sie den Ausdruck für eine Zugverbindung an den Rhein und eine Reservierung auf einem Campingplatz. „Überraschung" stand darauf. Das hatte sich bestimmt eines ihrer Kinder ausgedacht. Erst kürzlich war ihre Schwiegertochter vorbeigekommen und hatte sie auf eine Wochenendreise nach Hamburg mitgenommen.

Ursula studierte den Inhalt des Briefes: sie würde heute Nachmittag die angegebene S-Bahn nehmen und in Düsseldorf in die Regionalbahn steigen.

Aufgrund ihrer Gehbehinderung würde sie für diese Fahrt nicht einmal einen Fahrschein benötigen. Die Reservierung auf dem Campingplatz war für 2 Nächte - sie würde also einen kleinen Koffer packen.

So stieg Ursula am Nachmittag mit ihrem Köfferchen an der angegebenen Haltestelle aus der Regionalbahn. Es war ein warmer Spätsommertag, noch hatte die Sonne Kraft, die vom leicht bewölkten Himmel herunterschien. Ursula schaute sich um, sah aber kein bekanntes Gesicht am Bahnhof. Dafür lag der Eingang des Campingplatzes dem Bahnhof genau gegenüber. Ursula überquerte die Straße und wandte sich an die Rezeption. Die Rezeptionistin grüßte freundlich, als Ursula das kleine Büro betrat. Sie warf einen flüchtigen Blick auf die Reservierung, nahm einen Schlüssel vom Schlüsselbrett und erläuterte Ursula anhand eines Plans den Weg zum Wohnwagen Nummer 23.

Ursula nahm den Schlüssel und verließ die Rezeption. Bevor sie sich orientieren konnte, erschien ein junger Mann, der ein T-Shirt mit dem Campingplatz-Logo trug und offensichtlich auf dem Campingplatz arbeitete. „Guten Tag, kommen Sie, ich helfe Ihnen," sagte er und führte sie zu einem Wohnwagen mit Vorzelt, dem dritten in einer Reihe von 6 identischen Unterkünften. Der junge Mann verabschiedete sich und Ursula öffnete zögerlich den Reißverschluss des Zeltes. Früher war sie mit ihrem Mann und den Kindern im Sommer regelmäßig beim Zelten gewesen, aber aufgrund ihrer schlechten Hüfte hatten sie das schon vor vielen Jahren aufgeben müssen.

Im Vorzelt befand sich ein gemütlicher Sitzplatz mit 4 Campingstühlen und einem Campingtisch, zusätzlich ein kleines Regal, Putzzeug und eine Lampe. Ursula stellte ihren Koffer ab und schloss den Reißverschluss des Vorzeltes. Der Wohnwagen, ein älteres Modell, das wohl aus den achtziger Jahren stammte, war erleuchtet, leise klassische Musik drang an ihr Ohr und, obwohl es eigentlich noch zu früh war für das Abendbrot, war drinnen der Tisch schon gedeckt. Neugierig trat Ursula näher und stieg die 2 Stufen hinauf. Als sie durch die halbrunde Tür des Wohnwagens trat, flackerte das Licht für einen Moment auf.

Die Person im Wohnwagen hatte sie erst jetzt bemerkt und drehte sich zu ihr um. „Jürgen!", entfuhr es Ursula, denn sie stand ihrem verstorbenen

Mann gegenüber. Sicher, er trug ein fliederfarbenes kurzärmeliges Hemd und dazu Boxershorts aus violetter Seide, die mit Schmetterlingen bedruckt waren, was bei seiner Leibesfülle doch etwas lächerlich aussah und sich deutlich von der Kleidung unterschied, die er zu Lebzeiten stets getragen hatte. Trotzdem gab es keinen Zweifel, dass es sich um ihren Mann und nicht etwa um einen Doppelgänger handelte. Jürgen sprach zwar kein Wort, aber er umarmte und küsste Ursula zur Begrüßung. Dann bedeutete er ihr, sich zu setzen und schenkte ihr ein Glas Weißwein ein.

Ihre Tochter anzurufen, vergaß Ursula an diesem Abend völlig. Tochter, Schwiegersohn und Enkelkinder suchten den ganzen Ort nach ihr ab. Nachdem das Fehlen ihres Koffers aufgefallen war, telefonierten die Söhne mit allen Verwandten und Freunden, um zu hören, ob Ursula eventuell spontan verreist war. Aber die Familie fand keine Spur von ihr und informierte schließlich die Polizei. Am nächsten Tag gab Ursulas Tochter eine Vermisstenanzeige auf, aber auch die polizeilichen Nachforschungen blieben zunächst ergebnislos.

Am Nachmittag des übernächsten Tages meldete sich die Polizei schließlich bei Ursulas Tochter. Man habe ihre Mutter tot in einem Wohnwagen auf einem Campingplatz aufgefunden. Man gehe von einem natürlichen Tod aus, genaueres werde die Obduktion zeigen. Die Familie war bestürzt! Nachdem die Obduktion jedoch keinen Hinweis auf Fremdverschulden oder eine Selbsttötung ergab, führte man letztlich alles auf die nachlassenden kognitiven Fähigkeiten von Ursula und ihr altes, schwaches Herz zurück.

Meine Katzen

von Conny K.

Als meine Schwester und ich noch Kinder waren, durften wir leider keine Katzen zu Hause haben, obwohl wir es uns so sehr gewünscht hatten. Unsere Eltern mochten Katzen zwar auch, befürchteten aber, dass die Begeisterung nicht lange anhalten würde. Sie meinten, anfangs würden wir beide sicherlich die Versorgung wie Füttern, Katzentoiletten sauber halten usw. gerne und gewissenhaft übernehmen. Doch sie gingen – vielleicht mit Recht - davon aus, dass so nach und nach die Arbeit dann wahrscheinlich meistens an ihnen hängenbleibt.

Und so habe ich meine erste Katze dann bekommen, als ich schon eine eigene Wohnung hatte. Eines Tages fragte mich ein Kollege, ob ich ein Kätzchen haben möchte, da eine seiner Katzen trächtig war und er den Nachwuchs an jemanden weitergeben möchte, den er kennt. Ich musste nicht lange überlegen und beschloss, mich darauf einzulassen.

Minki, Mohrle, Maunzi

Er wollte mir gleich zwei Kätzchen geben, aber da ich bis dahin noch kein Tier hatte, wollte ich erst einmal ein Kätzchen nehmen. Nach ca. 8 Wochen kam dann „Maunzi" zu mir. Sie hieß eigentlich „Helga von der Peutinger-burg" (Edelkatzen-Züchterverband) und war eine Siam, tabby-point 32.

Aber so hätte ich sie nie gerufen, da gefiel mir Maunzi schon viel besser. Es dauerte nicht lange bis ich mich an sie gewöhnt hatte und wir verstanden uns gut.

Doch eines Morgens – als ich nach Maunzi rief, bekam ich keine Antwort. Ich suchte die ganze Wohnung ab – doch sie war nirgends zu finden. Da fiel mir ein, dass ich ja - wie jeden Morgen - nach dem Aufstehen im Schlafzimmer das Fenster zum Lüften geöffnet hatte. Natürlich war es schon längst wieder geschlossen. Plötzlich kam mir ein komischer Gedanke: Maunzi wird doch wohl nicht aus dem ersten Stock gesprungen sein? Als ich das Fenster öffnete, hörte ich schon ein leises „Miau". In Panik lief ich nach unten in den

„Garten" und dachte, dass sie sich sicher verletzt hätte. Aber sie ist wie durch ein Wunder auf den Rasen gefallen und es ging ihr gut. Von da ab habe ich immer die Schlafzimmertür geschlossen, wenn ich lüftete.

Oft fuhr ich mit Maunzi in den Park, um mit ihr an der Leine mit dem Katzengeschirr spazieren zu gehen. Da gab es viele Krähen, die ganz nahe zu Maunzi herkamen und die ich deshalb verscheuchen musste.

Nach kurzer Zeit kam von meinem Kollegen die Anfrage, ob ich nun eventuell von seiner anderen Katze auch einen Nachwuchs haben möchte. Da ich den ganzen Tag arbeitete, wäre es auf jeden Fall besser, wenn Maunzi einen Spielgefährten bekommt. Und so entschloss ich mich für Katze Nr. 2.

Diesmal keine „Von und Zu", sondern eine ganz „bürgerliche" Siam Chocolate Point, der ich den Namen Minki gab. Die Eingewöhnung war etwas schwierig: Die Zwei mussten sich erst mal aneinander gewöhnen. Sie fauchten sich an, was ziemlich laut war. Da fiel mir etwas ein: Maunzi hatte immer Angst, wenn Staubsaugen angesagt war. Dann floh sie in ein Körbchen im Regal. Also machte ich den Staubsauger an und Mauzi war sofort im Regal. Ich musste nur noch Minki zu ihr ins Körbchen setzen und beide kuschelten sich zusammen. Von da an waren sie ein Herz und eine Seele!!!

Ich bin dann auch mit beiden Katzen im Park spazieren gegangen. Aber - weil die eine links, die andere rechts gehen wollte - habe ich das Spazierengehen bald aufgegeben.

Nach einiger Zeit lernte ich meinen Mann kennen. Da waren die zwei Miezen schon älter und spielten nicht mehr sehr viel - weder zusammen, noch mit uns. - Er meinte deshalb, dass ein Männchen da doch ganz gut dazu passen würde.

Wir haben dann ein Mohrle zu uns genommen, der von einer Institution kam, die freilaufende Katzen kastrieren und den Nachwuchs abgeben. Was wir nicht wussten, die Katzen haben sich alle mit „Menschenessen" ernährt. Das ist sehr salzig und für Katzen unverdaulich. Mohrle hatte sich nach 3 Monaten an uns gewöhnt, ist aber nach einem weiteren Jahr leider durch das frühere „Menschenessen" verstorben.

Danal

17

Wir gingen wieder auf die Suche nach einem Kater, diesmal sollte es wieder ein Siam sein. Doch den einzigen Siam wollten die Kinder der Edelkatzen-Züchterin selbst behalten.

So bekamen wir seinen Bruder - den Orientalisch Kurzhaar. Der hatte sich gleich für uns entschieden, denn er sprang sofort in den Korb, den wir mitgebracht hatten.

Dieser Kater hieß Danal von … (den Namen weiß ich nicht mehr).

Danal hat die beiden „Damen" ziemlich auf Trab gehalten. Obwohl er dann kastriert wurde, blieb er immer ein „Energiebündel".

Maunzi lebte 19 Jahre, Danal auch. Minki leider nur 8 Jahre

Nach der Trennung von meinem Mann hatte ich erstmal 4 Jahre keine Katzen. Dann ging es einer Freundin, die junge Perserkatzen hatte, sehr

Bärchen

schlecht. Da sie lange im Krankenhaus war, habe ich mich dazu entschlossen, erst mal die Miezen zu mir zu nehmen. Persermiezen sind durch das lange Fell sehr pflegeintensiv und nicht meine Freunde. Aber die erst ein Jahr alten Katzen taten mir leid, vor allem ihre Namen.

Die nannte ich um - in Bärchen und Flöckchen. Leider starb meine Freundin später und die Katzen blieben bei mir.

Inzwischen war ich fast in Rente und hatte schon eine Wohnung in Weilheim gekauft. Mit einer Nachbarin hatte ich gleich einen guten Kontakt, da sie auch Katzen hat. Und diese fragte mich, ob ich eine Katze haben wolle, weil ihre Katze gerade Babys bekommen hat.

Bei diesem Wurf gab es nur einen einzigen Siam-Kater, der von seinem großen Bruder, der dort auch lebte, wie ein Vater versorgt wurde. Eigentlich wollte ich erst einmal keine weitere Katze (& auch keinen Kater) haben. Doch insgeheim dachte ich, wenn der überbleibt, dann würde ich ihn schon nehmen...

Und so war's dann auch. Allerdings wohnte ich ja noch in Unterschleißheim, bis ich in den Vorruhestand ging. Also fuhr ich mit dem kleinen Kater, der eigentlich Serafino heißt, aber Simmerl gerufen wird, jeden Samstag früh nach Weilheim und Sonntagabend wieder spät nach Unterschleißheim zurück.

Simmerl gefiel das überhaupt nicht, aber da musste er durch. Ich habe peu à peu immer etwas aus der Unterschleißheimer Wohnung in die neue Weilheimer Wohnung gebracht.

Die zwei Perser-Miezen wurden am Wochenende immer von meiner Unterschleißheimer Nachbarin versorgt.

Flöckchen hat sich ganz schwer an Simmerl gewöhnt. Perser sind ja sehr langsam und nicht so quirlig wie Siamesen. Wenn Simmerl auf Flöckchen zu gerannt ist, bekam sie Schnapp-Atmung. Mit diversen Medikamenten etc. wurde es dann besser.

2011 war der Umzug nach Weilheim und alle waren wieder zusammen.

Während eines Urlaubs, den ich in Oslo mit Freunden verbrachte, ging es Bärchen von einem Augenblick zum anderen so schlecht, dass sie leider verstarb. Sie wurde 11 Jahre. Es tat mir so leid, dass ich nicht bei ihr sein konnte.

Flöckchen musste auch Tabletten nehmen, da sie herzkrank war.

Für Simmerl – falls Flöckchen nicht mehr lang leben würde - wäre jetzt wieder ein Spielkamerad/in gut und so suchte ich nach einem Siam-Weibchen für ihn und fand es auch.

Safira ist halb Siamesin, halb Bengalesin, und die beiden verstanden sich sofort. Die Bengalesen sind aktiv und sensibel, das merkt man Safira an.

Aber sie ist ja nur halb Bengalesin. Sie zofft sich oft mit Simmerl, aber der sagt ihr schon, wer der Herr im Haus ist! Und dann kuscheln sie wieder gemeinsam in einem Körbchen.

Meine Entscheidung, sie zu holen, war sehr gut.

2016 musste Flöckchen mit 13 Jahren in den Katzen-Himmel.

Flöckchen

Simmerl ist jetzt 10 Jahre, Safira 6 Jahre.

Und ich hoffe, dass sie noch lange leben!!!

Inzwischen war ich fast in Rente und hatte schon eine Wohnung in Weilheim gekauft. Mit einer Nachbarin hatte ich gleich einen guten Kontakt, da sie auch Katzen hat. Und diese fragte mich, ob ich eine Katze haben wolle, weil

Simmerl und Saphira

ihre Katze gerade Babys bekommen hat. Bei diesem Wurf gab es nur einen einzigen Siam-Kater, der von seinem großen Bruder, der dort auch lebte, wie ein Vater versorgt wurde. Eigentlich wollte ich erst einmal keine weitere Katze (& auch keinen Kater) haben. Doch insgeheim dachte ich, wenn der überbleibt, dann würde ich ihn schon nehmen...Und so war's dann auch. Allerdings wohnte ich ja noch in Unterschleißheim, bis ich in den Vorruhestand ging. Also fuhr ich mit dem kleinen Kater, der eigentlich Serafino heißt, aber Simmerl gerufen wird, jeden Samstag früh nach Weilheim und Sonntagabend wieder spät nach Unterschleißheim zurück. Simmerl gefiel das überhaupt nicht, aber da musste er durch. Ich habe peu à peu immer etwas aus der Unterschleißheimer Wohnung in die neue Weilheimer Wohnung gebracht.

Die zwei Perser-Miezen wurden am Wochenende immer von meiner Unterschleißheimer Nachbarin versorgt. Flöckchen hat sich ganz schwer an Simmerl gewöhnt. Perser sind ja sehr langsam und nicht so quirlig wie Siamesen. Wenn Simmerl auf Flöckchen zu gerannt ist, bekam sie Schnapp-Atmung. Mit diversen Medikamenten etc. wurde es dann besser.

2011 war der Umzug nach Weilheim und alle waren wieder zusammen. Während eines Urlaubs, den ich in Oslo mit Freunden verbrachte, ging es Bärchen von einem Augenblick zum anderen so schlecht, dass sie leider verstarb. Sie wurde 11 Jahre. Es tat mir so leid, dass ich nicht bei ihr sein konnte. Flöckchen musste auch Tabletten nehmen, da sie herzkrank war.Für Simmerl –falls Flöckchen nicht mehr lang leben würde -wäre jetzt wieder ein Spielkamerad/in gut und so suchte ich nach einem Siam-Weibchen für ihn und fand es auch.Safira ist halb Siamesin, halb Bengalesin, und die beiden verstanden sich sofort.

Die Bengalesen sind aktiv und sensibel, das merkt man Safira an. Aber sie ist ja nur halb Bengalesin. Sie zofft sich oft mit Simmerl, aber der sagt ihr schon, wer der Herr im Haus ist! Und dann kuscheln sie wieder gemeinsam in einem Körbchen. Meine Entscheidung, sie zu holen, war sehr gut. 2016 musste Flöckchen mit 13 Jahren inden Katzen-Himmel.Simmerl ist jetzt 10 Jahre, Safira 6 Jahre.Und ich hoffe, dass sie noch lange leben!!

Der Zug ins neue Leben

Von den Autorinnen

Chattanooga
das ist der Zug ins neue Leben!
Wer steigt noch zu?
Vielleicht auch Du oder Du?

Wir stehen hier,
um Euch etwas zu sagen:
Wir waren wie ihr,
ertrugen vieles bis hier,
Chemo und Bestrahlung - gegen Hormone die Pillen,
um all die bösen Zellen in uns total zu killen.
Ist unsre Zeit bemessen? Wir wollen das vergessen!
Heute singen wir aus voller Brust!
Das Leben ist so schön, kannst Du es selbst nicht sehen?
Mit offenen Augen durch die Wälder zu gehen.
Freu'n uns an unsren Tönen, den Schrägen wie den Schönen,
das weckt in uns unsere Lebenslust!

Das Leben ist schön,
schau am Himmel hell die Sterne,
Blumen erblüh'n,
wohin die Wolken wohl zieh'n?
Steig doch mit ein,
in den Zug ins neue Leben!

Wer will mit uns singen?
Singen tut gut
Chattanooga

Spannendes Kreta

von Evelyn N.

Foto: Evelyn

Vor längerer Zeit ergab sich der Wunsch in der Familie mal nach Kreta zu fliegen. Eine Insel voller Geschichte, großartiger Natur und liebenswerter Menschen.

Es war noch relativ früh im Jahr und das Meer oft aufgewühlt, aber schon ausreichend warm genug, um immer wieder mal schwimmen zu gehen.

Am Ufer stand eine Vielzahl von Plastikliegen und dazugehörigen Schirmen, wie meistens in Urlaubsgebieten im Süden. Wir konnten uns gemütlich niederlassen und die Aufwärmphasen dort genießen. Dieser Ort wurde zum Zentrum der Gemütlichkeit, des Relaxens und auch zum Dösen - bei Bedarf.

In den wertvollen Ferientagen haben wir kleinere Ausflüge gemacht und immer versucht, jeden Tag woanders zu sein, auch dort dann zu essen, um die Insel ein bisschen kennenzulernen. Das ist uns soweit auch gelungen, aber letztlich landeten wir immer wieder an unserem Badeplatz. Dadurch, dass die Insel noch nicht überlaufen war und es erst wenig Touristen gab, war dieser Ort für uns mehr als idyllisch und zog uns magisch an.

Eines Tages saß ich verträumt auf meiner Liege unter dem Schirm, und bohrte mit den Zehen spielerisch im Sand. Wie man es tut, wenn man gerade nichts zu tun oder zu denken hat. Plötzlich stieß ich auf einen harten Widerstand, glatt und fest. Fühlte sich wie ein Stein an und bei näherem Hinsehen entpuppte sich das Teil auch als ganz flacher, ovaler Stein mit einer Schrift darauf.

Mit Bleistift stand in deutscher Sprache darauf :

Gott spricht :

Ich habe Dich lieb

Vor lauter Schreck, eine so direkte Ansprache zu erfahren, kehrte mein Fuß erstmal wieder Sand auf diesen Stein und ich musste kurz verdauen, was ich da gelesen hatte. Man wird ja selten im Leben von Steinen angesprochen, jedenfalls nicht auf diese versteckte Weise, unverhofft und dann noch in der Muttersprache, wo man doch im Ausland unterwegs war.

Später erzählte ich von dem Vorfall meinem Sohn, der damals noch ein Teenie war und der war gleich Feuer und Flamme.

Sofort wieder ausgraben, den musst Du behalten ! Die ungestüme Jugend weiß sich schnell zu helfen und so war der Stein dann in unseren Besitz übergegangen.

Klar, den Stein hatte irgendein Tourist sicherlich dort hinterlegt, also war es kein Wunder als solches, aber trotzdem war es anrührend und bewegend in dem Moment. Allein die Idee, dass es jemand einfach gut meinte für eine /n Unbekannten, war schon liebenswert. Zu diesem Schluss sind wir jedenfalls alle gekommen.

Ab sofort zog der Stein bei uns ein, wurde sorgsam mitgenommen.

Er sollte noch einen Tag später seine größere Bedeutung bekommen, wenn man es so sehen möchte.

Es war Abreisetag, auch noch Muttertag und klar, wir wollten die Zeit bis zum Abflug, später Nachmittag, noch nutzen um zu baden.

Gesagt, getan.....

Ich stand am Ufer, bereit ein letztes Mal in der Sonne zu trocknen, wer mag schon nasse Klamotten im Koffer, als ich nicht weit vom Ufer eine dreieckige

Flosse schwimmen sah und in nächster Nähe dazu meinen Sohn. Ich traute meinen Augen nicht, denn der erste Gedanke, ein Hai, schien mir so verrückt und außerhalb des Möglichen, dass ich wie angewachsen, unfähig auch nur einen Schritt zu tun, am Ufer stehenblieb. Der sich rasend schnell bewegende Körper neben der Flosse, schoss aus dem Wasser ans Ufer und dort erst trafen sich Mutter und Sohn im nassen Sand, um atemlos das Geschehene in Worte zu fassen. Weder Kind noch Mutter konnten den Gedanken an einen Hai wirklich fassen, aber wir haben ihn beide gesehen. Er war nur ein bisschen langsamer oder er war einfach ungefährlich.

Unsere Herzen überschlugen sich fast und die langsam einsetzende Dankbarkeit, man kann es nicht so schnell verarbeiten, versuchte sich einen Weg zu bahnen.

Der Gedanke an den Stein, der genau an dieser Stelle des Strandes gefunden wurde, machte die Geschichte noch unglaublicher.

Zitternd saßen wir auf den Liegen, eingewickelt in Badetücher, es war jetzt egal, ob nasse Sachen in den Koffer mussten oder nicht.

Ich hätte bis dahin geschworen, dass es so nahe am Strand, in Griechenland keine Haie gibt.

Laut Internet ist das aber tatsächlich möglich und eben nur selten zu erleben. Es gab an dem Tag kein anderes Thema mehr und ich bin heute noch froh, dass ich weiterhin Muttertag feiern darf und meinen Sohn damals nicht verloren habe.

Den Stein, den habe ich noch heute und die Schrift (es sieht aus wie mit Bleistift geschrieben) ist nach wie vor unverändert, wie auch der ganze Stein, obwohl er schon lange Jahre im Wohnzimmer mitlebt, allen Einflüssen ausgesetzt, die ein Andenken so ertragen muss.

Inzwischen haben wir alle schon mehrere Momente von Kummer oder Schmerz erlebt, wie doch die meisten Menschen in ihrem Leben, aber ein Blick auf den Stein, der hat immer wieder für ein Lächeln gesorgt und auch mal getröstet.

Komm mit mir

von Joy C. Green

Wenn du meinst,
heut geht nichts mehr,
du weißt nicht ein noch aus
du kannst nicht sehn
wohin der Weg noch führt rechts ? links?
geradeaus?

Manchmal fragst du dich, ob du es schaffst
ob du in diese Welt auch wirklich passt
an manchen Tagen fühlst Du Dich nur noch so allein
sei nicht traurig!

Komm mit mir
reich mir die Hand!
Komm mit mir
du bist nicht allein.

Foto: K.S

Kleine Umwege

von Patricia B.

Einmal links, dann rechts, dann die nächste wieder links und dann einfach geradeaus. Kein bestimmtes Ziel verfolgend und trotzdem den Stadtplan in der Tasche. Nur zur Sicherheit, um in Zeiten ohne internetfähiges Handy zur Not wieder auf den „richtigen" Weg zu finden bzw. die Orientierung nicht zu verlieren. So war ich an so manchem Wochenende unterwegs. Oder wenn ich Urlaub hatte, um einfach mal auf andere Gedanken zu kommen, sich zu bewegen und draußen zu sein. Ich mag diese Umwege. Denn für mich sind sie Schleichwege, Abkürzungen, auf denen man Dinge entdeckt, die man sonst nicht gesehen hätte. Es hat auch ein bisschen etwas von dem Zauber eines kindlichen Geheimnisses, gepaart mit einer Schnitzeljagd für Erwachsene. Einen Ort zu entdecken, an dem viele einfach ungesehen vorbei hasten. Am besten geht das tatsächlich zu Fuß und mit den Augen auch mal links, rechts oder kurz stehen bleibend, nach oben blickend. Auch nicht abgelenkt durch die allgegenwärtigen Kopfhörer und ihre Musik oder Hörbücher. Denn sonst verpasst man das Beste: entweder die Geräusche, die einem Entdeckungen ermöglichen oder auch einfach das komplette Fehlen solcher; Stille kann zuweilen auch ganz angenehm sein. Am vergnüglichsten finde ich es früh am Morgen, weil man da noch alles in Ruhe genießen kann. Aber auch am Nachmittag, wenn die Stadt um einen herum pulsiert, verschafft es einem eine angenehme Auszeit. Am liebsten mag ich es im Frühjahr oder Herbst, wenn die Luft kühl ist und wie frisch gewaschen riecht. Der Wind um einen pfeift und die bunten Blätter tanzen lässt. Aber auch im Sommer hat es durchaus seinen Charme. Wenn flirrende, trockene Hitze den Asphalt zum Heizstrahler macht und man davon eingehüllt wird, wie in eine Decke. Man bleibt für 10 Minuten, eine halbe Stunde oder länger. Man liest ein Buch, sitzt einfach nur da oder schaut den Leuten zu. Vielleicht hat man das Glück ein Tier beobachten zu können. Da entdeckt man plötzlich braune Ohren, die sich von dem Grün der Wiese abheben und ein kleines weißes Puschelschwänzchen, welches schnell im nächsten Gebüsch verschwindet. Man nimmt ein tiefes Brummen wahr und sieht auf der Blume sitzend eine große Hummel, die dann gemächlich weiterfliegt.

Auf einmal hört und sieht man mitten in den dichten Zweigen des Geästs ein

Vogelnest mit zwei aufgeregt tschilpenden Vögelchen. Oder man erkennt etwas rötliches auf dem dunkelbraunen Grund des Baumstamms und stellt beim näheren Hinsehen fest, dass hier ein Eichhörnchen auf waghalsiger Klettertour durch die grünen Wipfel ist. Ich mag eine Mischung aus allem. Je nach Jahreszeit mit einem Tee, Kaffee oder einem Eis. Ich finde auch die kurzen Zwischenstopps prima, um einfach nur zu stöbern, oder tatsächlich etwas zu kaufen, oft essbar.

Es ist schön, wenn da eine Bank neben dem Baum mit den dichten Blättern steht und sich darin ein Vogel versteckt, der lustig den Tag begrüßt. Ich mag den schattenspendenden, ruhigen Innenhof, mit der Silberkugel, die immer wieder faszinierend ist. Sich nicht dreht, aber je nach Perspektive alles und nichts widerspiegelt. Man kann sich einfach kurz ausruhen und die Wolken an sich vorbeiziehen lassen und braucht dazu nicht mal den Kopf zu heben.

Ich finde auch den „Riesen" interessant, der mit seinen großen und dünnen Beinen voran marschieren zu scheint und doch nicht vom Fleck kommt. Umringt von Häusern und Straßenlärm. Auch inmitten von Menschen unter dichten Bäumen, wenn von fern angenehm beschwingte Musik zu mir herüberklingt, lässt es sich gut aushalten. Wenn man von weitem den Klarinetten- oder Geigenspieler sehen kann oder auch hin und wieder ein tanzendes Paar.

Mir gefällt der parkähnliche, aber kleine, Garten, der zwar mittendrin und doch leicht abgelegen ist. Die schönen alten Bäume darin, die vielen Bänke und die verschiedenen, interessanten Steinfiguren. Die, jede für sich, ihre Geschichte erzählen.

Das Schöne ist auch, dass diese Orte sind, wo und wie sie sind. Viele davon haben im Lauf der Jahre immer mehr Menschen angezogen, andere wiederum haben sich kein Stück verändert, fast unentdeckt. Auch, wenn ich mal eine Zeit lang nicht da war, ist es gleich wieder vertraut. Man lässt sich nieder und es ist wie nach Hause kommen. Es ist ein Rückzugsort, da draußen. Es ist die Freude an den kleinen Dingen.

Und genau deshalb sind Umwege für mich keine. Sondern vielmehr die Möglichkeit und Chance etwas Neues kennen zu lernen, etwas Altbekanntes aus einem anderen Blickwinkel zu sehen. Einfach immer wieder überrascht zu werden und auf Entdeckungsreise zu gehen.

Kindermund

von Elke

Im Leben gibt es traurige und lustige Anekdoten. Von einer lustigen Geschichten möchte ich berichten.

Hierbei geht um ein Kind, das gerade anfängt, die Sprache zu entdecken und die Wörter auf ihre Weise nachzusprechen und neu zu kreieren.

Eines Tages waren Mutter, Oma und Kind auf dem Weg in den Zoo. Vor dem Zoo stand ein Mann, der als Clown verkleidet war und machte ganz große Seifenblasen. Das Kind lief auf den Mann zu, lachte und lachte und klatschte vor Begeisterung in die Hände. Es rief zu der Mutter: „Schau, der Kasper macht ganze große Pusteblasen". Einige Kinder standen um den Mann herum und hatten, wie das kleine Mädchen, ihre helle Freude an den Seifenblasen. Zuerst schauten die Kinder den bunt schillernden Kugeln nach wie sie in die Höhe stiegen und dort zerplatzten, die Größeren versuchten die Seifenblasen zu fangen. Plötzlich rief das Mädchen: " Mama, ich will auch mal Pusteblasen machen". Die umstehenden Leute fanden das sehr lustig, lachten und hatten Spaß an dem kleinen Mädchen, dass sich so für die Pusteblasen begeistern konnte. Der Clown rief das Kind zu sich und versuchte gemeinsam mit der Kleinen ein paar große, dicke Seifenblasen zu machen. Das Kind war so glücklich, dass es selbst ein paar Pusteblasen machen durfte. Es erzählte noch den ganzen Abend davon.

Einige Wochen später waren die Drei wieder unterwegs. In einem Kaufhaus gab es dick aufgeblasene, mit Gas gefüllte, bunte Luftballons. Das Kind war selig und rief: „Ich will auch einen roten Buffballon". Natürlich bekam das Kind einen Buffballon. Der Ballon war an einer Schnur befestigt. Wie Kinder eben so sind, wedelte es ganz wild hin und her und war glücklich mit ihrem Ballon. Mutter, Oma und das Kind hatten das Kaufhaus noch nicht richtig verlassen, bedingt durch das wilde hin und her wedeln, entkam dem Kind der Ballon und schwebte davon. Das Kind schaute mit weit aufgerissenen Augen dem wegfliegenden Ballon nach. Als der erste Schreck vorbei war, rief es ganz laut: „Mein Buffballon, mein Buffballon ist weg. Ich will mein Buffballon wieder!" Es weinte schrecklich und wollte sich gar nicht mehr beruhigen. Aber zum Glück gab es noch genügend Luftballons, so dass das Kind einen Neuen bekam. Trotzdem kostete es einige Zeit und Mühe das Mädchen zu besänftigen und ihr zu erklären, dass sie die Schnur mit ihren Händen ganz festhalten müsse, damit der Luftballon nicht wieder entschwebte.

Aber eins hatte dann das Kind doch noch beschäftigt. Es fragte nämlich: „Mama, fliegt der Buffballon jetzt bis zum Himmel? Da oben wohnt doch das Christkind. Will das auch mit einem Buffballon spielen wie ich?"

Bei so viel Phantasie kann man doch nur lächeln.

Foto: Elke

Alles läuft bestens

von Micha B.

Annegret verließ die Wohnung wie immer um 7 Uhr 15. Die Bushaltestelle befand sich auf der anderen Straßenseite - schräg gegenüber des Mietshauses- in dem sie lebte. Aufgrund des lebhaften Verkehrs überquerte sie die Straße an der Ampel und stellte sich zu den Wartenden. Um diese Zeit waren viele Berufstätige, darunter auch etliche Eltern mit kleinen Kindern und größere oder kleinere Gruppen von Schülern unterschiedlichen Alters unterwegs, aber Annegret kannte heute keinen der Anwesenden. Sie las am Zeitungsständer die Überschriften der Tageszeitungen und nahm

Foto: Micha B.

dann den Bus um 7 Uhr 18. An der U-Bahnhaltestelle stieg sie aus dem Bus und ging die Treppe hinunter zur U-Bahn. Am U-Bahngleis fiel ihr eine Gestalt auf, die wartend auf einer der Sitzbänke saß und einen Apfel aß.

Annegret betrachtete die Gestalt aufmerksam. Sie trug einen gutsitzenden dunkelblauen Anzug, ein frisch gebügeltes weißes Hemd, dessen Manschetten trotz der langen Arme unter dem Jackett hervorblitzten, dazu cognacfarbene Lederschuhe, die auf den Schuhspitzen mit feinen blauen Linien verziert waren. Ein ebenfalls cognacfarbener Gürtel, eine braune Aktentasche und eine mittelblaue Krawatte mit kleinen, weißen Punkten rundeten das Erscheinungsbild perfekt ab. Und doch - Annegret stutzte, denn keiner der Anwesenden schien es zu bemerken - in diesem eleganten Outfit steckte ein Affe. Ja, ganz ohne Zweifel: Sie sah die tiefliegenden dunklen Augen, die fliehende Stirn, die kräftigen, vorstehenden Kiefer und das kurze dunkle Fell am Kopf, Hals und den Handrücken. Annegret hatte sich nie viel aus dem nahegelegenen Zoo gemacht und hielt sich nicht für einen Experten, wenn es um Zootiere ging. Dennoch war sie sich sicher: auch die Hände mit den langen Daumen und Fingern und der Vierfingerfurche waren ganz eindeutig die Hände eines Affen.

Die U-Bahn fuhr ein. Es war nicht die, die in Annegrets Richtung fuhr, denn ihr Arbeitsplatz lag nordwestlich in der Stadtmitte und diese U-Bahn fuhr zur Endhaltestelle im Süden der Stadt. „U 5 Richtung Alpenplatz.", sagte der U-Bahnfahrer an. Der Affe stand auf, nahm seine Aktentasche und stieg ein. Annegret fühlte, wie eine enorme Neugier in ihr aufkeimte, aber auch Zweifel. Der Affe - es musste wohl, so überlegte sie - ein Schimpanse sein, zog sie magisch an. Und während der U-Bahnfahrer schon sein: „Zurückbleiben, bitte!" in das Mikrofon sprach, sprang sie noch in den Zug und setze sich so, dass sie ihn aus der Entfernung im Auge behalten konnte, ohne von ihm bemerkt zu werden. Der Affe zog ein Smartphone aus der Aktentasche, wischte mit den Fingern darüber und schien zu lesen.

Schon an der nächsten Haltestelle stieg der Schimpanse aus und ging zur Trambahnhaltestelle. Annegret folgte ihm unauffällig, was nicht sehr schwierig war, denn es waren viele Menschen unterwegs. Auch die Trambahn verließ der Affe wieder an der nächsten Haltestelle und überquerte die Straße. Er spazierte in Richtung einer kleinen Grünanlage und wandte sich schließlich zum Eingang einer Klinik, vor der einige Fahnen im Wind flatterten, während ihre Aufhängungen metallisch klapperten. Annegret meinte, einen sehnsüchtigen Blick des Affen in Richtung der Bäume wahrgenommen zu haben. Aber sie mochte sich auch getäuscht haben.

Zielstrebig betrat der Affe die Klinik und Annegret folgte ihm weiter. Im äußerst repräsentativen Eingangsbereich der Klinik stand ein schön gewachsener Tannenbaum, der mit orangenen und roten Christbaumkugeln geschmückt war. Der Schimpanse grüßte mit einem Laut und einem freundlichen Grinsen in Richtung Empfang und während Annegret sich fragte, ob er wohl sprechen könne, grüßte die Rezeptionistin zurück. Er bog nach links ab, an der Notaufnahme vorbei und Annegret heftete sich an seine Fersen. Vor der Tür zur Cafeteria blieb der Schimpanse stehen und blickte über die Schulter, so als habe er seine Verfolgerin entdeckt. Doch es gelang Annegret sich rasch hinter zwei Sanitäter zu ducken, die eine alte Dame in einem Krankentransportstuhl in die Ambulanz schoben. Der Affe nahm die Treppe in den ersten Stock, betrat ein Büro und schloss die Tür hinter sich. Neugierig spähte Annegret auf das Türschild: Herr S. Bongo, Leitung Controlling, stand darauf.

Sie sah sich um und atmete tief ein. Sie hatte vor einigen Jahren selbst in dieser Klinik gearbeitet und erinnerte sich nur ungern an den enormen Druck und das wenig unterstützende Arbeitsklima. Sie fühlte sich jedes Mal wie eine ausgequetschte Zitrone, wenn sie an diese Zeit zurückdachte.

Ohne Zögern folgte sie dem Flur und bog in ein kleines Wartezimmer ein, von dem nach links hin das Vorzimmer des ärztlichen Direktors, nach rechts hin das Vorzimmer des Klinikgeschäftsführers abgingen. Annegret wandte sich nach rechts, klopfte und wartete, bis sie das „Herein!" der Sekretärin vernahm. Sie trat ein und erinnerte sich sofort an Frau Sperling, die offensichtlich noch immer an dieser wichtigen Schaltstelle des Unternehmens tätig war. Frau Sperling schaute Annegret an, die ihr sofort bekannt vorkam. Sie hätte jedoch spontan nicht sagen können, woher sie sich kannten.

„Guten Morgen, Frau Sperling", grüßte Annegret und als die Angesprochene Annegrets Stimme hörte, schien sie sich zu erinnern. „Ah, guten Morgen. Frau Baumann, so eine Überraschung. Was führt Sie zu uns?", fragte sie und ihre Augen verengten sich zu Schlitzen. Dieser Frau hatte man seinerzeit eine Verlängerung ihres Vertrages als kommissarische Leitung angeboten, aber sie hatte eine Einstellung als Leitung und eine Gehaltsanpassung gefordert. Selbstverständlich hatte ihr Chef das abgelehnt und Frau Sperling erinnerte sich noch, dass sie nach Annegrets überraschender Kündigung lange nach einer geeigneten Nachfolgerin gesucht hatten.

„Ich kam zufällig vorbei," log Annegret, „und ich dachte, ich schaue kurz herein." Die Tür zum Büro des Klinikleiters stand offen und in diesem Moment erschien Herr Dr. Bertram mit der Unterschriftenmappe in der Hand im Türrahmen. Er legte die Mappe auf den Schreibtisch von Frau Sperling und grüßte Annegret. „Guten Morgen, Herr Dr. Bertram.", erwiderte Annegret betont freundlich. „Darf ich Sie etwas fragen?" „Natürlich," antwortete Dr. Bertram, „ich kann Ihnen aber gleich sagen: aktuell haben wir keine freien Stellen zu besetzen." „Oh, das war auch gar nicht meine Absicht,", beschwichtigte Annegret, „ich habe eine unbefristete Position gefunden, die mir sehr gefällt. Es ist nur…als ich gerade über den Flur ging, hatte ich den Eindruck, dass an Stelle des Kollegen Kerbler nun ein Schimpanse im Leitungsbüro Controlling sitzt." „Ja," erwiderte Herr Dr. Bertram und lächelte zufrieden, „das ist unser Accounting-Affe. Ich bin mit ihm sehr zufrie-frie-frie-frie…" „Oh!", entfuhr es Frau Sperling, „entschuldigen Sie, aber unser Chef hat wohl heute Morgen sein Update nicht korrekt geladen. Ich rufe besser gleich die IT." Sie drückte auf die Armbanduhr von Herrn Dr. Bertram, der daraufhin verstummte und in seiner Position verharrte. „Aber das ist wirklich ein Einzelfall," fuhr Frau Sperling, an Annegret gewandt, fort: „Sie glauben gar nicht, wie sehr wir unsere Qualität verbessern konnten und welche erstaunlichen Fortschritte wir machen, seit Sie das Unternehmen verlassen haben. Die Neuerungen im Bereich der Elektronik sind wirklich phantastisch und alles läuft bestens." Frau Sperling hob den Telefonhörer ab und tippte auf die Kurzwahltaste. Am anderen Ende meldete sich der IT-Mitarbeiter. „Sperling. Guten Morgen, Herr Kunz, ich brauche Sie dringend. Der Chef hat eine Fehlfunktion." Frau Sperling legte den Hörer auf und sah Annegret kritisch an. „Das glaube ich gerne," hörte Annegret sich sagen, „ich denke, ich komme ein anderes Mal wieder vorbei." „Gerne," gab die Sekretärin mit herablassendem Blick zurück und machte sich erneut an der Armbanduhr von Herrn Dr. Bertram zu schaffen, „ich wünsche Ihnen einen schönen Tag." „Ihnen auch einen schönen Tag, auf Wiedersehen.", entgegnete Annegret. Sie warf einen letzten, mitleidigen Blick auf Herrn Dr. Bertram und verließ das Vorzimmer. Sie ging noch einmal am Büro von Herrn Bongo vorbei und schüttelte leise den Kopf.

Erlebnis mit einem Rotkehlchen

von Conny K.

Ein kleines Rotkehlchen hat sich verflogen.
Die Mama hat es zwar gut erzogen,
es wollte aber mal woanders sein
und flog deswegen ganz allein.

Es wusste nicht, wohin es soll.
Dachte aber, es sei ganz toll
sich auf einem Balkon-Boden
zwischen Blumen-Containern zu erholen.

Auf dem Balkon, um ein Foto zu kriegen,
sah ich das Rotkehlchen liegen.
Es war ganz ängstlich, ich konnte es nicht fassen,
Ich wollte es ja nur fliegen lassen.

Rotkehlchen war ganz erschöpft,
ich versuchte es zu heben.
Es wollte nicht, war ja noch klein.
Ich redete auf das Vögelchen ein.

Nach einer Weile - es wollt nicht enden,
hob ich es dann mit beiden Händen
hoch, was Rotkehlchen wollte,
damit es sich besser erholte.

Dann habe ich mir überlegt
wie es nun mit dem Fliegen geht.
Ich hob die Hände schnell nach oben,
Rotkehlchen ist auf einen Baum geflogen.

Was im Leben zählt

von Micha B.

Was auch immer dir passiert, nimm es mit Humor,
dass das Leben trostlos ist, kommt dir nur so vor,
freu dich an den kleinen Dingen, die am Wege steh'n,
mach Musik, triff gute Freunde, und du wirst versteh'n,
was im Leben zählt.

Ein warmer Platz bei kaltem Wind, ein Schirm, wenn Regen fällt,
nicht zu viel und doch so viel, dass nichts zum Leben fehlt.
Ein kühler Drink bei Sonnenschein, vielleicht ein Liegestuhl,
ja, das ist das höchste Glück und du erkennst ganz cool,
was im Leben zählt.

Gesundheit ist das höchste Gut, nicht das liebe Geld,
Verständigung und Freiheit braucht die Welt.
Gelassenheit, Zufriedenheit, Toleranz und Mut,
Respekt vor jedermann, das wäre gut!

Das, was wirklich wichtig ist, gibt es nur geschenkt,
ein Gruß, ein Anruf, der dir zeigt, dass jemand an dich denkt.
Freu dich an den kleinen Dingen, die am Wege steh'n,
mach Musik, triff gute Freunde, und du wirst versteh'n,
was im Leben zählt.

Gesundheit ist das höchste Gut, nicht das liebe Geld,

Verständigung und Freiheit braucht die Welt.

Gelassenheit, Zufriedenheit, Toleranz und Mut,

Respekt vor jedermann, das wäre gut!

Das, was wirklich wichtig ist, gibt es nur geschenkt,

ein Gruß, ein Anruf, der dir zeigt, dass jemand an dich denkt.

Freu dich an den kleinen Dingen, die am Wege steh'n,

mach Musik, triff gute Freunde, und du wirst versteh'n,

Was im Leben zählt.

Foto: Joy

Das Element

von Moni M.

Erstaunlich, an welch einen bunten Blumenstrauß von Glücksmomenten ich mich aus meinem Leben erinnern kann, darf...

Gerne zitiere ich den österreichischen Feuilletonist Daniel Spitzer, welcher schrieb:

> *Das Glück ist ein Mosaikbild,*
>
> *das aus lauter unscheinbaren kleinen Freuden zusammengesetzt ist.*

Zu Beginn meines Studiums bin ich von daheim aus - und nach München gezogen. Dort hatte ein kleines 10 qm Untermieterzimmer mit Gemeinschaftsbad, und im Winter stellte ich die Milch auf's Dachfenstersims hinaus zum Kühlen. Neben den Vorlesungen nahm ich natürlich auch am studentischen Nachtleben teil, und tanzte durch die Nächte – denn wie herrlich ist es, seinen Körper durch die von der Musik inspirierten Bewegungen zu spüren. Und dann laufe ich morgens um 4 Uhr den Giesinger Berg hinauf, die

Foto: Moni M.

Stadt ruht noch friedlich, doch ein lauer Sommermorgen kündigt sich bereits an. Ich spüre die Freiheit, darf mein Leben selbst bestimmen und schmieden, bin einfach nur: g l ü c k l i c h !

Weit, weit weg von zu Haus, das Meer vor den Augen und dazwischen Sandstrand mit Palmensaum, die Sonne warm auf der Haut, die Lufttemperatur

28° plus - und die Welt gehört uns! Als gerade frisch-verheiratetes Paar liefen wir auf Tortola – aus Protest gegen die willkürlichen Taxigebühren – zu Fuß durch das hügelige Land, um zu unserem neu entdeckten Strand, der Brewer's Bay zu gelangen. Dort gab es eine Ruine einer früheren Rum-Distillerie, und einen kleinen Strand-Kiosk zu Beginn des sichelförmigen Strandes, der eine Meeresbucht umschloß, in deren Mitte einige verlassene Segelboote geankert hatten. Am feinen, gold-gelben Sandstrand waren wir die einzigen Gäste. Im Meer schnorchelnd entdeckten wir farbenfrohe Korallen im warmen Wasser, umrahmt von kleinen Fischen. Auf Entdeckungstour spazierten wir zu den oberen Klippen, die an der Seite der Bucht hochragten. Dabei wurden wir von einem einheimischen Vierbeiner begleitet, der uns hinterhertrottete, dann vorneweg lief, als wollte er uns den Weg weisen. Da ich mir schon von Kindesbeinen an die Begleitung eines Hundes gewünscht habe, genoss ich diese zufällige Begegnung. Oben auf den Klippen angekommen blickten wir auf Pelikane bei der Jagd, wanderten zurück durch Macchia-Gestrüpp, und gönnten uns einen kühlen Drink am Kiosk.

„Singen bringt die Seele zum Schwingen und macht glücklich?" Meine Zeit im Schulchor verbrachte ich im wenig geachteten Alt, und stach niemals durch besondere Begabung hervor... Es folgten stumme Jahre, doch beim Tanzen in der Disco konnte ich unbemerkt die Texte – sofern ich sie beherrschte – mitgrölen.

Dann, viele Jahre später, probierte ich den Volxgesang aus, und besuchte auch das Rudelsingen. Bei beiden Veranstaltungen treffen sich breit gestreut alle Generationen zwischen der 2. und 7. Lebensdekade, und singen gemeinsam Lieder, angeleitet durch einen Musiker, der instrumental begleitet und beim Einsatz hilft, der Text wird an die Wand projiziert.

Das war schon recht nett, doch nun besuche ich, wie es das Schicksal will – einen Chor von Damen, unter der Leitung der genialen, herzerfrischenden und immer gutgelaunten Musikerin. Wir singen viele mehrstimmige Lieder, und auch wenn sich meine Stimme und die Melodie (meistens im Alt) alleine nicht besonders gut anhört, so ergänzt sich die Melodie mit den anderen Stimmen beim gemeinsamen Üben und es wird ein harmonisches Ganzes. Und mein Herz beginnt zu schwingen... oder wo sitzt die Seele?

Als Teenager hatte ich, wie viele den Mädchentraum vom Reiten. Obwohl es meinen Eltern finanziell nicht leichtfiel, wurde ich mit Helm, Gerte und Stiefeln ausgestattet und durfte Reitstunden nehmen! Gleich auf großen Pferden, meine arme Mutter stand viele Ängste aus! Leider hatte ich beim ersten Herunterfallen – ausgerechtet von meinem Lieblingspferd, dem hübschen Fuchs Fridolin mit schmaler, weißer Blesse auf der Stirn - kein Talent und zertrümmerte mir den rechten Ellenbogen. Während der darauffolgenden 6 Wochen Gips und Krankengymnastik nistete sich die Angst in mein Herzen ein... Immer noch fasziniert von Pferden konnte ich jedoch den Mut zum Aufsitzen nicht mehr finden.

Jahrzehnte später: meine Tochter wünscht sich Reiten zu lernen, und in Erinnerung an meine eigene Begeisterung erlaubte ich es ihr. Dass ich durch sie nochmals das Reiten anfangen würde, hätte ich nicht gedacht. Allerdings habe ich in der Zwischenzeit gelernt, dass das Leben ohnehin nicht frei von Risiken ist und dass man für wahre Freuden auch etwas wagen muss. Vorsichtig und langsam lernte ich, dem Pferd unter mir zu vertrauen, es wuchs die Zuversicht. Manchmal sitze ich auf dem Rücken eines Pferdes, und irgendwann, meist im Trab, so ganz im Gedanken bei mir, meinem Körper und dem Pferd, spüre ich, dass es GENAU SO RICHTIG IST. Ich muss beim Reiten noch viel lernen, doch es bereitet mir viel Freude (wenn ich auf einem vertrauenserweckenden Gefährten sitze).

Fast hätte ich es vergessen, das Lesen. Als Kind brannte ich schon im Kindergarten darauf, endlich lesen zu lernen. Meine Eltern mussten mir unglaublich viel vorlesen, das forderte ich ein, und kannte jedes Wort in Detail auswendig – für den Fall, dass sie sich verlesen hätten, oder gar Seiten abkürzen wollten, um endlich selbst ins Bett zu kommen! In meinem Kopf tauche ich immer noch in die magischen Welten ein, die sich aus den Buchstaben in meinem Kopf ergeben, und fiebere auch jetzt noch mit ganzem Herzen mit meinen Helden mit. So kam es, dass ich ganze Urlaube lang nicht ansprechbar war, zum Leidwesen meines Mannes, der sich etwas mehr Unterhaltung erhofft hatte, oder ich schlug mir zum Ende des Buches die Nacht um die Ohren, um herauszufinden, wie die Geschichte endet...

Diese Mosaiksteine stellen für mich Momente des Glücks dar, und oft findet man sie unerwartet. Jedoch kann man manchmal schon auch aktiv werden:
Verabrede Dich mit dem Glück, indem du Dinge tust,
die dir Freude bereiten!

Fotos: Moni M.

Ritt im Morgennebel von El Rocio, der verwunschenen Westernstadt Andalusiens, in der es keine asphaltierten Straßen gibt, dafür jede Menge Reiter auf rassigen Pferden das Stadtbild prägen, die den Sand aufwirbelten ....

Traumreise

von Heidi

Foto: Heidi

Ich gehe über eine Blumenwiese, tausende gelbe Blumen strahlen mit der Sonne um die Wette. Ein sanfter Wind wiegt die Blüten hin und her. Auf einer Anhöhe erblicke ich einen weißen Leuchtturm, der in den blauen Himmel ragt. Ich bin neugierig, kann man dort das Meer sehen? Langsam wandere ich hinauf, beobachte, wie Bienen und Schmetterlinge zwischen den Blüten hin und her fliegen. Je näher ich dem Leuchtturm komme, kann ich erkennen, dass er ganz einsam da oben steht. Nur ein verlassenes, niedriges Gebäude, das offensichtlich dem Zerfall preisgegeben ist, ist noch zu sehen. Oben angekommen, bietet sich mir ein weiter Blick über die grüne und gelbe Küste, nur das Meer kann ich noch nicht sehen. Ich gehe vorsichtig ein paar Schritte in Richtung Abgrund und da eröffnet sich mir ein grandioser Blick!

Steil abfallende Klippen, darunter das wogende Wasser. Die Wellen brechen sich an mächtigen Felsen und die Gischt schäumt hoch hinauf. Die weißen Schaumkronen fließen ins Meer zurück, bis eine neue Woge sie mitnimmt, um gegen die Felsen zu schlagen. Möwen lassen sich von den Aufwinden hinauftragen, um dann mit spitzen Schreien wieder hinunter zu stoßen ans Wasser. Die Weite der Landschaft nimmt mich gefangen, der Blick ruht sich aus in der Großartigkeit des unendlichen Meeres, das am Horizont den blauen Himmel berührt. Ich stehe da und die Schönheit und Einsamkeit erfüllt

Foto: Heidi

mein Herz und es öffnet sich wie die Weite der Landschaft.

Lange erfreue ich mich an dem Anblick, lasse den Wind meine Haare zerzausen. Dann mache ich mich auf den Rückweg und steige die Anhöhe wieder hinab. Inzwischen brennt die Sonne heiß und ich freue mich, dass ein kleines Wäldchen zu durchqueren ist. Hier ist es kühler und die Luft riecht nach Harz. Am Rande im Schatten setze ich mich ins Gras, um ein wenig auszuruhen. Ich bin müde von der Wanderung und der Hitze und lege mich hin und schlafe ein.

Etwas kitzelt mich am Ohr, ich erwache und verscheuche eine Fliege. Ich mag die Augen noch nicht öffnen, liebe den Moment, in dem ich ganz bei mir bin und die Außenwelt noch nicht meine Sinne beherrscht. Langsam strecke ich meine Glieder, gähne und rekle mich wohlig. Jetzt bin ich wieder munter, ich stehe auf und gehe weiter über eine Wiese, bis ich zu einem kleinen Fluss komme.

Das Wasser fließt klar und munter an mir vorbei und lädt mich ein. Ich ziehe mich aus und steige vorsichtig das Ufer hinab und setze einen Fuß ins kühle Wasser. Uuh, ist das kalt! Aber ich wate hinein und gewöhne mich an die Kühle. Ich tauche ganz unter, lasse den Staub und alle Müdigkeit von mir spülen. Erfrischt tauche ich auf, im Wasser zurück bleibt alles Schwere.

Mit neuer Energie steige ich das Ufer hinauf. Das Wasser perlt ab und die Sonne trocknet meine Haut, während ich singe und tanze wie ein Kind: "Wade in the water, wade in the water, children."

Wieder trocken schlüpfe ich in meine Kleider und setze meinen Weg fort. Ich geh immer weiter....

Ich geh' immer weiter

von den Autorinnen

Ich geh' immer weiter, geh' immer weiter im Leben,
geh' immer weiter, immer weiter im Leben.

Es gab eine Zeit, da ging's mir nicht gut.
Immer weiter im Leben.
Ich war verzweifelt und hatte Wut.
Immer weiter im Leben.

Warum gerade ich, was hab' ich getan?
Immer weiter im Leben.
Was machte ich falsch, warum bin ich dran?
Immer weiter im Leben.

Ich geh' immer weiter, geh' immer weiter im Leben,
geh' immer weiter, immer weiter im Leben.

Die Behandlung war schmerzhaft, die Welt stürzte ein.
Immer weiter im Leben.
Doch dann wurde klar: Ich bin nicht allein.
Immer weiter im Leben.

Sehr vielen Frauen geht es so wie mir.
Immer weiter im Leben.
Wir fanden zusammen, nun singen wir hier.
Immer weiter im Leben.

Wir teilen uns're Ängste und machen uns Mut,
Immer weiter im Leben.
Sind dankbar für das Leben und wir hüten es gut.
Immer weiter im Leben.

Wir verloren Freundinnen, wir trauern um sie.
Immer weiter im Leben.
Sie bleiben bei uns, wir vergessen sie nie.
Immer weiter im Leben.

All dies macht mich stark, sodass ich sagen kann.
Immer weiter im Leben.
Was immer auch kommt, ich nehm' mein Schicksal an.
Immer weiter im Leben.

Ich geh' immer weiter, geh' immer weiter im Leben,
geh' immer weiter, immer weiter im Leben.

Foto: K. S.

Die Fledermaus

von Conny K.

Es wird niemand glauben, aber es war so!

Eine Firma sollte meine Fensterrollos anschauen und evtl. reparieren.

Dazu musste ich auch alle Fensterbänke frei machen. Und auch die Insektenrollos mussten hochgelassen werden. Alles ok, bis auf das letzte Insektenrollo, das nur zu zwei Drittel hoch ging. Also habe ich es wieder nach unten gezogen und dann wieder hoch gelassen.

Plötzlich fiel ein schwarzes Etwas auf das Fensterbrett und dann nach unten.

Ich bin ziemlich erschrocken und sah, dass es sich um eine Fledermaus handelte, die nun auf dem Gras neben der unteren Wohnung lag.

Die Leute, die dort wohnen, waren gerade in Urlaub. Also habe ich das demjenigen gesagt, der zu der Zeit einen Schlüssel hatte, weil er die vielen Blumen und Stauden gießen „durfte".

Ich war ja noch ziemlich erschrocken und habe so viel geredet, sodass er gar nicht wusste, was ich meinte.

Ich sagte dann nur, er möchte den Schlüssel holen und die Gartentür öffnen. Dann haben wir geschaut, ob das "Vampirchen" noch lebt.

Es hatte beide Flügel ausgeladen, aber der Körper war nicht sehr groß.

So wie es lag, dachten wir: es ist tot!

Aber ich habe es mit einem Tuch ein bisschen angetippt und es bewegte sich. Dann ließen wir es liegen, da es ohne Sonne im kühlen Gras lag.

Als es nach ein paar Minuten fotografiert werden sollte, war es schon wieder weg.

Auch unter Büschen war nichts zu sehen.

Gott sei Dank war es nicht tot und so schnell war auch keine Katze da.

Aber ich war längere Zeit ziemlich erschrocken.

Wenn die Fledermaus in die Wohnung gefallen wäre, wäre ich noch mehr erschrocken. Wie die Fledermaus zwischen Rollo und Insektenrollo hinein-gekommen ist, weiß ich bis jetzt nicht.

In dieser schwierigen Zeit

von Micha B.

Zwitschernde Vögel und Blumen im Garten,
Sonne am Mittag, die Arbeit kann warten,
mein Platz an der Sonne steht für mich bereit:
das hilft mir in dieser schwierigen Zeit.

Yoga, Pilates und Tanzen und Singen,
die Lieferdienste, die Einkäufe bringen,
von Balkon zu Balkon Mitmenschlichkeit:
das hilft uns in dieser schwierigen Zeit.

Sahne mit Erdbeeren, frischer Kaffee,
so träum ich mich an die Berge, zum See.
Erinnerungen, über die man sich freut:
das hilft uns in dieser schwierigen Zeit.

Lustige Filme von Menschen und Tieren,
Grüße per Whatsapp, telefonieren
mit Familie, mit Freunden, ob nah oder weit
das hilft uns in dieser schwierigen Zeit.

Hab ich Sorgen, macht sich Angst breit,
fühl ich mich so klein:
Ich weiß, was mir hilft in der schwierigen Zeit.
Ich denke an euch,
fühl mich nicht mehr allein.

Zeilen zur rechten Zeit

von Gabi F-S

„Und dann muss man ja noch Zeit haben,

einfach da zu sitzen und vor sich hin zu schauen…."

Zitat von Astrid Lindgren

Foto: Gabi F-S.

Vielen von uns ist das Talent im Dschungel des Alltags verloren gegangen einfach nur so vor sich hinzuschauen.

Andere wurden durch einen Schicksalsschlag gezwungen innezuhalten und sich neu zu finden.

Auch unsere momentane Krisenzeit bietet manchen von uns die Gelegenheit, diese „geschenkte" Zeit zu nutzen und Ruhe zu genießen.

Ergreifen wir die Chance „einfach zu schauen".

Foto: Gabi F-S.

Das Glück des Lebens

von Ursula Nitsche-Sieger

Sie trat hinaus auf die Veranda und ließ ihren Blick über das weite Land schweifen. Die Sonne war im Begriff aufzugehen und tauchte das Land in ein warmes Licht. Sie sah die sanften Hügel, die sich in weiter Ferne zu einem Bergmassiv erhoben, und setzte sich auf die Hollywoodschaukel. Sie genoss die Stille, die nur vom Zwitschern einiger Vögel unterbrochen wurde. Es waren nicht mehr so viele, der Herbst würde bald anfangen und die Vögel begannen schon sich zu sammeln, um dann in den warmen Süden zu fliegen. Sie freute sich schon auf die farbenprächtigen Wälder und den damit folgenden Winter, der die Stille und die Ruhe mit sich bringen würde. Sie war froh, wieder an diesem Ort zu sein.

Sie erinnerte sich an den Moment, an dem sie von hier fortgegangen war. Mit leichtem Herzen, froh, endlich in die fremde, weite und aufregende Welt zu kommen. Sie freute sich auf ihren Weg, auf dem sie viel Neues kennenlernen würde. Nur einen kurzen Moment fühlte sie die Trauer darüber, all das Liebe zu verlassen.

Es folgten aufregende Zeiten. So viele neue Orte, die sie erkundete und so viele fremde Menschen, die sie kennenlernte. Immer wenn sie in einem neuen Ort ankam, suchte sie sich gleich ein Zimmer und eine Arbeit. Manchmal wohnte sie in einer Wohngemeinschaft, manchmal bei älteren Leuten, die gelegentlich Hilfe benötigten und deshalb ein Zimmer vermieteten, und manchmal fand sie eine kleine, preisgünstige Wohnung. An Arbeit nahm sie was sie kriegen konnte. Meistens waren es Dienstleistungsjobs. Im Cafe, in einer Kneipe, im Restaurant oder einmal sogar in einem Hotel. Sie arbeitete aber auch als Botin, als Nanny, als Küchenhilfe (wobei sie eigentlich besser war als der Koch, der zu oft und zu viel den Kochwein probierte), als Verkäuferin und als Sekretärin. Sie blieb immer nur einige Monate. Immer wenn sie bemerkte, dass sie sich an ihrem momentanen Aufenthaltsort etablierte, zog sie weiter. Nicht, dass sie auf der Suche war, nein, sie war einfach neugierig auf die Welt, auf die noch unbekannten Orte und Menschen. Und nicht, dass sie eine Liste gehabt hätte wo sie noch überall hinmüsse. Es waren keine besonderen Orte, die sie besuchte. Sie blieb einfach, wenn es ihr Gefühl sagte.

Zu Beginn ihrer Reise fiel ihr der Abschied ganz leicht. Ganz gleich, wen sie kennengelernt hatte, oder was für einen Job sie gerade machte. Sie war so gespannt auf das, was noch kommen würde, dass es ihr leicht fiel zu gehen. Aber mit der Zeit genoss sie die Momente, die sie mit lieben Freunden verbrachte, und ihre Aufenthalte an den einzelnen Orten wurden langsam länger. Bis sie eines Tages bemerkte, dass sie nicht mehr fortgehen wollte. Die Freundschaft und die Liebe der Menschen, die sie umgaben machten sie glücklich, und die Neugier auf die Welt war nicht mehr so groß. Es freut sie, wenn Freunde spontan vorbeischauten nur um sie zu sehen oder mit ihr zu reden. Ihre Nachbarn kamen und baten sie um kleine Gefälligkeiten, und sie fühlte sich akzeptiert und in die Gemeinschaft aufgenommen und aufgehoben. Und dann geschah das, was die Neugier auf die Welt verdrängte. Es gab auf einmal diesen Wunsch jemanden zu treffen, der ihr Seelenverwandter ist. Mit dem sie sowohl weitergehen könnte, als auch sich in die Einsamkeit zurückziehen könnte. Mit ihm wäre alles möglich. Die Liebe, die Freude aber auch das Leid und den Kampf zu teilen. Dieser Jemand trat in ihr Leben, nachdem sie sich entschlossen hatte zu bleiben. Überraschend war er eines Tages da. Und wie selbstverständlich wurden sie ein Paar. Sie war schon vielen Menschen begegnet, aber bei ihm fühlte sie sich zu Hause.

Foto: Ursula Nitsch-Sieger

Sie lebten schon lange Zeit an diesem Ort. Ihre Briefe an zuhause beschränkten sich auf ein – zwei pro Monat, sodass der Kontakt nicht verloren ging und sie immer wusste, wie es den Daheimgebliebenen geht. So wusste sie auch, dass es ihren Eltern immer schwerer fiel, in dem einsam gelegenen Haus zu leben. Ihre Geschwister wohnten zwar noch in der Nähe, aber hatten ihre eigenen

Wohnungen und Familien. Bei gelegentlichen Besuchen sah sie die Veränderungen bei ihren Eltern. Die Dinge, die sie nicht mehr erledigen konnten, ihre Anstrengungen das alltägliche Leben zu meistern, ihre Einschränkungen, auch wenn sie altersgerecht waren und nicht zuletzt die Müdigkeit, die ihre Eltern ausstrahlten. Immer häufiger dachte sie darüber nach, wie es wäre, wenn sie zurückgehen würde. Wenn sie all die lieben Menschen verlassen würde und in das Haus ihrer Jugend zurückkehren würde. Aber es waren nur Gedanken. Sie blieb an ihrem ausgewählten Ort, bei ihren Freunden. Bis der Brief kam. Ihre Mutter hatte ihn geschrieben, um ihr mitzuteilen, dass sie beschlossen hatten in ein Seniorenheim zu ziehen.

Einerseits war sie froh, denn dann würde es ihren Eltern besser gehen, andererseits war dies ein Schritt, der deutlich machte, dass die Zeit unaufhörlich weiter geht und alles ein Ende hat. Und immer häufiger kamen die Gedanken an ihr altes Zuhause. An ihr Zimmer, wo morgens die Sonne auf ihr Bett schien. An die Küche, in der ihre Mutter immer anzutreffen war. An ihren Vater, der immer etwas zu tun gehabt hatte. An den Baum, der vor dem Haus stand und der mittlerweile riesengroß und alt war. An die Schaukel, die an einem der dicken starken Äste angebracht war. Und an den Blick von der Veranda auf die sanften Hügel, die sich in weiter Ferne zu einem massiven Bergmassiv erhoben. Und langsam setzt das Sehnen ein. Gelegentlich sprach sie mit ihrem Mann darüber. Erzählte von ihrer Kindheit, von besonderen Augenblicken, die mit dem Haus in Verbindung standen. Bis endlich der Zeitpunkt kam, an dem sie erkannte, dass sie zurückgehen wollte. Es dauerte noch eine Weile, bis sie mit ihrem Mann darüber sprechen konnte. Sie wusste nicht, ob er sie verstehen und mit ihr gehen würde. Ob er diesen Ort verlassen würde, um in das Haus ihrer Kindheit zu gehen. Doch als sie endlich den Mut fand mit ihm darüber zu sprechen, war es einfach. Er verstand sie gut, und sie beschlossen, erst einmal für ein Jahr in das Haus ihrer Eltern zu ziehen, und dann zu schauen, wie es weiter gehen soll. Ihre Freunde zu verlassen fiel ihr schwer, viel schwerer als sie erwartet hatte. Aber es fühlte sich richtig an, und so saß sie nun auf der Veranda ihres Elternhauses, glücklich, zurückgekommen zu sein und erwartungsvoll, was die kommende Zeit bringen wird.

Goldener Oktober

von Elke

Foto: Elke

Schau ich aus meinem Fenster, komme ich ins Träumen,

denn an den meisten Laubbäumen,

hängen viele bunte Blätter,

noch einmal scheint die Sonne, was für ein tolles Wetter.

Hier ein grün, dort ein gelb, orange und rot,

jedoch kündigt uns dies an, der Winter droht.

Durch die gelben Blätter erscheint das Zimmer im hellgelben Licht,

die Farbe und die Sonnenstrahlen haben sich im Raum zu einem tollen Bild

vermischt.

Doch dann geht es schnell, man will seinen Augen kaum trau'n,

sind die Blätter in Windeseile ganz braun.

Dies heißt für die Natur,

jetzt geht sie erst einmal in „Kur".

Sie muss sich erholen und regenerieren,

dann wird sie sich im Frühjahr neu präsentieren.

Doch momentan springen ein paar Eichhörnchen noch von Ast zu Ast,

ein Junges hätte beinah den Zweig verpasst.

Hielt es eine Nuss oder eine Eichel in der Hand,

ich habe es leider nicht genau erkannt.

Sie sind so flink und können so weit springen,

und es tut ihnen auch immer gelingen,

dass keines abstürzt und auf dem Boden landet,

dann wäre es ja leider gestrandet.

Es zeigt sich der goldene Oktober nochmals von seiner besten Seite,

so ein Tag genieße ich in den Bergen und schau in die Weite.

Was für ein tolles Panoramabild ich seh' und bin entzückt,

lass die Seele baumeln und bin total beglückt.

Ich gehe voll neuer Energie nach Hause,

es war ein wunderbarer Tag und vom Alltag eine schöne Pause.

Foto: Elke

Frau Brummbär findet die Musik

von Irene W.

Foto: Irene W.

Frau Brummbär erwachte aus dem Winterschlaf. Sie gähnte ausgiebig, dehnte und streckte sich in alle Richtungen und seufzte. Oh, wie fühlte sie sich schwach und hungrig. Sie zitterte vor Kälte und brummte schlecht gelaunt vor sich hin.

Aber endlich, nachdem sie lange genug gebrummt, gebrummelt und gegrummelt hatte, machte sie sich auf und ging in die Welt hinaus, um sich auf die Suche nach Stärke, Wärme und Freude zu machen.

Zuerst kam Frau Brummbär zu einem Baum, in dem ein großes Bienenvolk herumschwirrte. Der Honig schmeckte köstlich. Auch die Beeren und Pilze im Wald mundeten ihr ganz vorzüglich. Frau Brummbär fraß und fraß. Sie wurde stärker und stärker. Als ihr Bauch so dick war, dass Frau Brummbär ausschaute, als hätte sie einen Medizinball verschluckt, besann sie sich: „Jetzt bin ich stark, ich sollte mich wieder aufmachen und nach Wärme und Freude suchen".

Am nächsten Tag traf Frau Brummbär den Malerbär. Er stand mit seiner Staffelei mitten auf der Wiese und malte wunderschöne Blumen. „Komm doch und male mit mir", sagte der Malerbär zu Frau Brummbär.

Frau Brummbär gab sich große Mühe: Wenn sie ein gelbes Gefühl hatte, malte sie gelb. Wenn sie ein blaues Gefühl hatte, gab sie blaue Farbe dazu... Sie hatte große Freude am Malen. So malte sie immer weiter. Aber, oh weh!

Als sie sich umschaute, sah sie es: Farbtöpfe, Pinsel, Paletten, alles lag durcheinander, war umgefallen oder gar ausgelaufen. Und auch das fertige Bild gefiel ihr jetzt nicht mehr. Ein Blick auf das schöne Bild des Malerbärs zeigte Frau Brummbär, dass das Malen nicht ihr eigener Weg zum Glück sein konnte. Traurig räumte sie die in Unordnung geratenen Malutensilien auf und machte sich wieder auf den Weg.

Am nächsten Tag traf Frau Brummbär die zwei Dichterbären. Sie saßen an einem Bach und schrieben Gedichte in ihre Hefte. „Komm doch und dichte mit uns", sagten die beiden Dichterbären zu Frau Brummbär. Also setzte sie sich zu ihnen an den Bach und versuchte sich in der Wortkunst. Sie schrieb:

Freude, Lachen, Fröhlichkeit,

Bärenspaß, Gemeinsamkeit,

das sind alles Sachen,

die Bären glücklich machen.

„Oh das ist schön", sagten die beiden Dichterbären. "Du solltest bei uns bleiben und Dichterbärin werden." Aber Frau Brummbär fühlte sich nicht gut: Vom vielen Nachdenken war ihr Kopf ganz heiß und ihre Füße waren eiskalt geworden. Sie spürte, dass sie sich noch einmal auf den Weg machen musste, um ihr Glück zu finden.

Also ging Frau Brummbär weiter durch den großen, dichten Wald. Nach einer Weile hörte Frau Brummbär liebliche und fröhliche Klänge, die noch weit weg waren. Sie ging weiter und merkte bald, dass es sich bei den schönen Klängen um Musik handelte. Als sie noch ein Stück weiter gegangen war, hörte sie viele schöne Stimmen ein beschwingtes Lied singen und hinter der nächsten Baumreihe sah sie eine ganze Gruppe von Bärendamen. Sie lachten und redeten alle lustig durcheinander. Dann fing die Musik-Bärin an auf dem Klavier zu spielen und alle sangen:

„Komm doch und sing mit uns,

das Leben ist so wunderschön......"

Es war ein langes, schönes und fröhliches Lied. Frau Brummbär gefiel das Lied sehr, sie fühlte sich plötzlich froh und voller Energie. „Darf ich bei euch mitmachen?" fragte sie. Alle Sing-Bärinnen waren damit einverstanden. Frau Brummbär bekam ein Notenblatt, sodass sie mitsingen konnte. Das neue Lied ging so:

„Was immer wir tun, wir fühl'n uns gut an jedem Tag, das gibt uns Mut...."

Dieses Lied war auch sehr schön. Frau Brummbär brummte so gut es ging mit, der Schwung der anderen half ihr dabei. Oft brummte sie auch falsch, aber das machte nichts, denn die meisten anderen Bärendamen sangen richtig und so hörte es sich trotzdem gut an. Nach dem Singen wurde noch viel geredet und gelacht. Bald würden sich alle wieder treffen, um gemeinsam zu singen.

Am nächsten Tag merkte Frau Brummbär, dass sie immer wieder leise oder auch laut vor sich hin singen musste: „Was immer wir tun, wir fühl'n uns gut..." Wenn sie durch den Wald ging, sang sie vor sich hin. Wenn sie am Bach saß, klopfte sie mit den Füßen den Takt und ständig breitete sich ein Lächeln auf ihrem Gesicht aus. Die anderen Tiere, die ihr begegneten lächelten sie an und Frau Brummbär lächelte zurück. Das Leben fühlte sich wunderschön an. Jeden Tag freute sich Frau Brummbär schon auf das nächste Treffen mit den anderen Bärendamen und sie hatten zusammen immer sehr viel Spaß.

So kam es, dass Frau Brummbär durch die Musik die Wärme und Freude gefunden hatte, nach der sie gesucht hatte.

Gemeinsam nicht allein

Von den Autorinnen

Gemeinsam, nicht allein, lebe Dein Leben

Und dann hörte ich sie: die Diagnose, die jedem Angst macht,
sie traf mich unverhofft, raubte den Schlaf bei Tag und Nacht.
Es half mir alles nicht, was Ärzte sagen und erstreben.
Gemeinsam, nicht allein, lebe Dein Leben.

Die Zeit, die dann begann, bracht' Bangen mir, brachte mir Hoffen.
Ich sah, auch and're sind von Krankheit -so wie ich- betroffen.
Ich bin doch nicht allein, muss mich dem Schicksal nicht ergeben.
Gemeinsam, nicht allein, lebe Dein Leben.

War viel zu oft und lang allein,
traute mich nicht und blieb daheim,
trotz meiner Angst und meiner Wut,
schöpfte ich dann doch neuen Mut. Ich ging hinaus und sang mit Euch:
Lebe Dein Leben.

Wir sind gemeinsam stark, wenn wir im Chor zusammen singen.
Ein Lied, das gibt uns Kraft, drum lassen wir es laut erklingen.
Wir sind uns sehr vertraut, es ist ein Nehmen und ein Geben.
Gemeinsam, nicht allein, lebe Dein Leben.

War viel zu oft und lang allein,
traute mich nicht und blieb daheim,
trotz meiner Angst und meiner Wut,
schöpfte ich dann doch neuen Mut. Ich ging hinaus und sang mit Euch:
Lebe Dein Leben.

Ich mag Sonnenuntergänge und Regenbögen

von Ursula W.

Eine Nachtkastl-Geschichte sollte es sein,
eine solche fällt mir auch nach langer Be-
denkzeit nicht ein.

Hingegen gibt es eine kleine Entstehungsgeschich-
te,

bevor den Müll, der im Haushalt anfällt, ich ganz
und gar vernichte,

hatte ich viele Ideen ...

Schon eine Weile sammelte ich Obstnetze, Verpackungsmaterial,

Stoffreste und so weiter,

je vielfältiger und bunter, das waren meine Spitzenreiter.

Ich wollte Regenbögen in allen Variationen gestalten,

das waren schon immer meine Favoriten, und so ließ ich meine Phantasie walten.

Als erstes webte ich etwas Großes Buntes für den Garten und stellte es an die nach-
barschaftliche Garagenwand,

mein Objekt fand Bewunderung und man
fühlte sich wie am Strand,

kurz nach einem Regenschauer,

aber der Blick fiel leider doch nur auf eine
Mauer.

Später, irgendwann, traf ich auf dem Recyclinghof eine ältere Dame, von der erfuhr ich sofort ihren Namen …

Ich teilte mir mit ihr aus dem Abfallcontainer einen tollen Fund, es waren zwei alte weiße Eisenstühle, sie lagen dort fast auf dem Grund.

Ein netter Bauhofmitarbeiter holte diese beiden Stühle für uns heraus, und ich brachte sie für die fahrradfahrende Frau X in meinem Auto nach Haus.

Es ergab sich im Gespräch, dass auch sie gerne bastelt und di ei weid (diy) und da waren wir auch schon zweit.

Daraufhin schenkte sie mir ein paar ausgediente Fahrradfelgen und so konnte ich erneut in kreativen Gedanken schwelgen.

Aus meinem bunten Müll und der gesäuberten Fahrradfelge gestaltete ich einen regenbogenfarbenen Reifen, meine Gedanken begannen in die Vergangenheit zu schweifen.

Es erklärte mir mal ein besonderer Mensch einen Merkspruch für die Regenbogenfarben: Richard Of York Gave Battles In Vain –

damals war es um mich geschehn,

red – orange – yellow – green – blue – indigo – violet

so konnte ich es mir auf jeden Fall merken – don't forget …

Ich mag alles in Regenbogenfarben sehr und so viel mir die Gestaltung meiner bunten Fahrradfelge nicht schwer.

Viele der gesammelten Abfalldinge sind darin verbastelt,

die vielen bunten Streifen habe ich in der Felge kunstvoll verastelt.

Lange hat meine Gartendekoration meine Augen erfreut und das nicht nur mich, sondern auch einige andere Leut'.

Das ist nun wirklich keine so tolle Geschichte,

wenn ich hier erzähle, dass ich Abfall manchmal nicht als Abfall gewichte.

Aber so erweist sich, dass man nicht sofort alles entsorgen muss,

dass daraus entstehen kann ein visueller Genuss.

* Fotos von Ursula W.

Wir fühlen uns gut

Von den Autorinnen

Foto: Gerald M.

Dieser Tag ist unser Tag.

Wir lassen gescheh'n, was kommen mag.

Halten zusammen, wie man sieht,

machen uns Mut und singen ein Lied.

Den heut'gen Tag, den feiern wir.

Genieß' das Leben und mach `was aus Dir!

Es fühlt sich gut an, lebendig zu sein.

Dazu gehört, sich beim Singen zu freu'n.

Was immer wir tun, wir fühl'n uns gut,

an jedem Tag, das gibt uns Mut.

Was immer wir tun, wir fühl'n uns gut,

an jedem Tag, das gibt uns Mut.

Wir haben noch eine Menge vor
mit unserem tollen Chor.
Uns macht das Singen einfach Spaß
und wir wissen, es bewirkt auch was.

Was immer wir tun, wir fühl'n uns gut,
an jedem Tag, das gibt uns Mut.
Was immer wir tun, wir fühl'n uns gut,
an jedem Tag, das gibt uns Mut.

Dieser Tag ist unser Tag.
Wir lassen gescheh'n, was kommen mag.
Halten zusammen, wie man sieht,
machen uns Mut und singen ein Lied.

Was immer wir tun, wir fühl'n uns gut,
an jedem Tag, das gibt uns Mut.

Das Leben ist so wunderschön

Von den Autorinnen

Foto: K. S.

Komm doch und sing mit uns,
das Leben ist so wunderschön!
Komm doch und sing mit uns,
das Leben ist so wunderschön.

Fühlsch Du di einsam und elai,
s'Läbe isch so gwaltigschö!
Schlies di nit im Zimmer i,
s'Läbe isch so gwaltigschö.

Tritt heraus vor deine Tür,
das Leben ist so wunderschön!
Denn dort draußen warten wir,
das Leben ist so wunderschön.

Sur l'eau, les canards passent paisiblement,
la vie est merveilleuse!
Les grenouilles coassent joyeusement,
la vie est merveilleuse.

Komm doch und sing mit uns,
das Leben ist so wunderschön!
Komm doch und sing mit uns,
das Leben ist so wunderschön.

D'Sunna lacht vom Himmizejit,
`s Leb'n is so wunderschee!
Mit'nander ziag'n mia in die Welt,
`s Leb'n is so wunderschee.

Die Vögel zwitschern fröhlich mit,
das Leben ist so wunderschön!
Blumen blüh'n auf Schritt und Tritt,
das Leben ist so wunderschön.

La luna vigila il buio,
la vita e bella cosi!
Le stelle brillano nel scuro,
la vita e bella cosi.

Komm doch und sing mit uns,
das Leben ist so wunderschön!
Komm doch und sing mit uns,
das Leben ist so wunderschön.

Gemeinsam träumen wir uns fort,
das Leben ist so wunderschön!
An unsern liebsten Sehnsuchtsort,
das Leben ist so wunderschön.

Foto: K. S.

Bella Italia

von K.S.

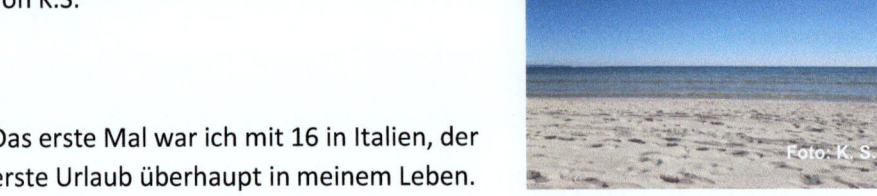

Foto: K. S.

Das erste Mal war ich mit 16 in Italien, der erste Urlaub überhaupt in meinem Leben.

Mein Bruder und seine Freundin luden mich und meine Mama ein, gemeinsam Urlaub in Igea Marina Adria zu machen. Der Ort grenzt an Bellaria, einen bekannten Urlaubsort an der italienischen Adria. Ich erinnere mich noch an den Blick aus unserem Hotelzimmer direkt aufs Meer. Genaue Details fallen mir nicht mehr dazu ein, außer dem guten Essen, wie Zucchini-Spaghetti. Dennoch denke ich rein vom schönen Gefühl gerne daran.

Zwei Jahre später hatte ich meinen Führerschein und mein erstes Auto, einen orangen VW-Käfer. Wir fuhren zu viert, meine Eltern, meine Cousine und ich ins gleiche Hotel wie damals. Besonders erinnere ich mich an einen Ausflug nach San Marino. San Marino ist ein bergiger Kleinstaat im Norden Mittelitaliens. Er ist eine der ältesten Republiken der Welt und verfügt über viele historische Gebäude.

Einmal fuhr ich mit meiner Mama im Bus nach Ghioggia. Die Stadt liegt in der Lagune von Venedig und erfreut sich einer wunderschönen Altstadt und malerischen Kanälen, deshalb auch Kleinvenedig genannt.

Im Sommer 1990 fuhren meine Cousine und ich mit dem Twen-Ticket und unserem Rucksack durch Italien. Die Hinfahrt mit dem Zug war recht schön, viele Mitfahrer waren unterwegs zum Weltmeisterschaftsspiel in Rom. Wir fuhren auch an der Hafenstadt Salerno vorbei, ein wunderschöner Ausblick. Übernachtet haben wir überwiegend in Jugendherbergen. Unsere erste Station war Neapel, die drittgrößte Stadt Italiens. Wir besichtigten Pompei und Herculanum - wunderschön, die alten Städte! Dann ging es weiter nach Mailand mit dem wunderschönen Dom und den Passagen. Leider fanden wir dort keine Unterkunft. Wir überlegten, am Bahnhof zu übernachten, was uns dann doch zu gefährlich erschien. So stiegen wir in irgendeinem Zug ein, der uns unbeschadet durch die Nacht brachte. Wir fuhren am Lago Maggiore vorbei und mussten anschließend an der Grenze zur Schweiz - der Ort hieß Domodossola - wieder zurück zu unserem nächsten Ziel Lago di Como. Weiter ging es nach Rom. Dort übernachteten wir in einem Hotel. Besichtigt haben wir die Katakomben, das Kolosseum, Forum Romanum und den Petersdom. Wir sind viel gelaufen, vorbei an Trevi Brunnen und der Spanischen Treppe. Eine wunderschöne Stadt… Unsere letzte Station der Reise waren die Liparischen Inseln (Sizilien). Dort freundeten wir uns mit einigen Leuten an und verbrachten einige Zeit mit ihnen. Dort bin ich das erste Mal in meinem Leben per Anhalter gefahren. Zum Glück ging alles gut. Wir waren hinterher Stolz auf uns, alles so gut gemeistert zu haben. Damals gab es noch kein Handy, mit dem man immer und überall erreichbar gewesen wäre…

Ein Jahr später ging es mit dem Zug direkt nach Sizilien. Ich und meine Freundin Regina erinnern uns gerne an diese Reise. Eine ältere Arbeitskollegin hat uns dorthin eingeladen. Sie selbst hatte dort einen Freund. Das Dorf hieß Forza D' Agro. Sehr schön und auf einem Berg gelegen, was wir leider vorher nicht wussten…. und wir uns auch nicht informiert hatten. Somit konnten wir nicht alleine zum Strand oder Unternehmungen machen. So waren wir immer unter Aufsicht von Rosita und Camelo, was leider nicht so einfach war. Einmal konnten wir mit dem Bus, der einmal am Tag fuhr, nach Taormina fahren. Ohne Aufsicht! Camelo besaß einen wunderschönen Garten mit Olivenbäumen. Er hat auch super gekocht. Erinnere mich an gebackene Zucchini, Auberginen und guten Wein. Alles in allen war es trotzdem schön, und wir reden nach über 30 Jahren immer noch davon.

Eine besonders schöne Reise war mit meiner verstorbenen, damals kranken und im Rollstuhl befindlichen Mutter. Wir waren in Südtirol. Mein Vater und Bruder mit Schwägerin waren auch dabei. Ich bin froh, dass wir diese letzte gemeinsame Reise zusammen hatten. Es war schön, meiner Mutter dadurch eine große Freude bereitet zu haben.

Mit meinen Mann Peter, meinen Sohn und Freunden waren wir noch oft in Italien. Wir waren auf Campingplätzen in Jesolo und Cavallino. Am Gardasee, Toskana, Kalabrien und Südtirol. Italien ist immer eine Reise wert.

Das Klima, Vegetation, Landschaft, Meer und das gute Essen begeistern mich.

„Bella Italia"

Die Gärtnersfrau

von Esther

Foto: Esther

Es war einmal eine Gärtnersfrau, die besaß am Anfang Ihres Lebens einen Garten, der eigentlich nichts besonderes war. In diesem Garten gab es keine Pflanzen, die eine besondere Aufmerksamkeit der Gärtnersfrau erweckten. Sie wanderte oft in diesem Garten, gelegentlich erschien es so als ob sie nach einer ganz besonderen Pflanze Ausschau hielt, aber häufig war es ihr fast egal, was da grünte oder blühte.

Doch wie es so ist, bekam sie von irgendwo her eine Pflanze, die sie in ihrem Garten einpflanzte. Diese Pflanze nun veränderte die Frau. Denn jetzt war etwas in ihr erwacht, dass sie vorher noch nicht kannte. Anfänglich besuchte sie die Pflanze nur hie und da, schaute wie es wohl erginge in ihrem Garten. Doch die Gärtnersfrau merkte schon bald, dass es sie immer wieder zu dieser Pflanze hinzog. Und sie ließ sich auch sehr gerne hinziehen. Jetzt war es so, dass die Gärtnersfrau ihre ganze Zeit und Aufmerksamkeit dieser einen Pflanze schenkte. Die Gärtnersfrau fühlte sich glücklich, diese Pflanze zu haben. So zogen viele Jahre ins Land, die Pflanze gedieh, zeigte stets ihre schönsten Blüten. Wie man sich vorstellen kann, war die Gärtnersfrau sehr zufrieden. Aber eines Tages zogen von irgendwo dunkle Wolken am Himmel auf und plötzlich schien etwas ihre Zufriedenheit zu stören.

War es vielleicht die Tatsache, dass ihr auf einmal der übrige Garten leer erschien?

Als sie den leisen Versuch unternahm, den restlichen Garten zu bepflanzen, nahm sie, zwar ganz leise, aber doch spürbar, die Widerhaken wahr, die die Pflanze mit der Zeit um die Gärtnersfrau gelegt hatte. Da wusste sie es ganz klar, sie musste sich von jeden einzelnen Haken befreien, so schmerzlich es ihr auch in diesem Moment erschien. Es war eine sehr schmerzliche Aufgabe und oft wusste sie nicht, ob sie das Richtige tat, sah sie doch, dass es der Pflanze auch schlecht ging.

Aber einmal begonnen, kannte die Gärtnersfrau kein zurück. So verging wieder viel Zeit. Die Gärtnersfrau unternahm einen letzten Versuch, die Pflanze in ihrem Garten zu halten, war sie ihr doch einmal sehr wichtig gewesen. Die Pflanze aber verschwand aber genauso auf geheimnisvolle Weise, wie sie erschienen war.

Die Gärtnersfrau stand wieder in ihrem „leeren" Garten und war lange Zeit sehr traurig und dabei sehr unschlüssig. Unschlüssig darüber, ob sie jemals wieder eine Pflanze in ihren Garten einpflanzen sollte. Denn auch hier hatte sich ihr Leben gewandelt, war es ihr vorher egal wie ihr Garten aussah, so verspürte sie jetzt den Wunsch, ihren Garten mit vielen besonderen Pflanzen zu bestücken. So wanderte sie umher, immer auf der Suche. Sie kam bald zu den verschiedensten Pflanzen, deren Wuchs und Farben sie interessierten.

Aber es waren alles Pflanzen, die sie nicht mitnehmen konnte. Diese Pflanzen aber halfen ihr auf ihrer Suche weiter. Allein die Tatsache, dass es diese Pflanzen gab, stimmte die Gärtnersfrau froh, so dass sich nie Verzweiflung in ihr ausbreiten konnte. Nach weiterer geraumer Zeit gab es wieder Pflanzen, welche sie bedenkenlos einpflanzen konnte. Es wurden immer mehr und mehr. Manche noch so kleine Pflanzen wuchsen unter ihrer Fürsorge heran. Die Gärtnersfrau lebte sehr gut damit, war es ihr doch eine Freude, bei ihren Pflanzen zu sein.

Und wieder kam so ein Tag, wo ihr Gartenfrieden ins Wanken kam. Wieder bekam sie von irgendwo eine Pflanze, die ihr Herz sehr anrührte. Abermals, fast wie vor vielen Jahren kümmerte sie sich mehr um diese Pflanze. Diese Pflanze schenkte ihr dafür ihre schönsten Blüten und Farben. Die Gärtnersfrau hielt diese Pflanze etwas entfernt von den restlichen Pflanzen, so dass ihr Blick sofort auf diese Pflanze fiel, sobald sie den Garten betrat. Diese Pflanze ließ sich das sehr wohl gefallen. Die Liebe der Gärtnersfrau zu dieser Pflanze wurde immer mehr. Sie verweilte gerne bei ihr und war oft ein wenig traurig, wenn sie wieder von ihr weggehen musste. Diese Pflanze hatte keine kleinen Widerhaken, so konnte sich die Gärtnersfrau frei bewegen. Denn die Gärtnersfrau wollte auch die übrigen Pflanzen nicht vergessen, im

Gegenteil, sie schenkte ihnen weiter ihre Aufmerksamkeit.

Nur manchmal erschien es der Gärtnersfrau so, als wäre ihre Lieblingspflanze sehr traurig, dass sie nicht die einzige Pflanze in ihrem Garten war. Oder bildete sie sich das nur ein? Manchmal wünschte sich die Gärtnersfrau, dass sie „ihre" Pflanze mitten unter die anderen gepflanzt hätte. Aber wäre es da noch etwas besonderes für sie gewesen? All diese Fragen stellte sich die Gärtnersfrau, denn manchmal fühlte sie sich sehr unerfahren in dieser Art der Gartengestaltung, obwohl es doch so sehr ihrem Wunsch entsprochen hätte.

Dazu muss man wissen, dass die Gärtnersfrau mittlerweile die Sprachen der Pflanzen verstand und sie oft hörte, wie sich einigen Pflanzen schmerzlich darüber unterhielten, nicht die einzigen im Garten zu sein. Worauf sich die Gärtnersfrau mit viel Geduld um diese Pflanzen kümmerte, um ihnen zu zeigen, dass sie ihr alle wichtig waren.

Aber in mancher dunklen Nacht, wenn ihre Pflänzlein schliefen, fragte sie sich, ob es nicht besser wäre nur eine Pflanze zu haben, der sie alles geben konnte. Am nächsten Tag, wenn die Sonne wieder schien und ihr all ihre Pflanzen entgegen lachten, wenn sie ihren Garten betrat, war sie glücklich und wusste, dass sie auf dem richtigen Weg war.

Göttliche Momente oder Lug und Trug?

von Moni M.

Foto: K. S.

Wir lieben es, Urlaub zu machen, zu Reisen, und ferne Länder auf eigene Faust zu entdecken! Und das tun wir auch so oft wie möglich. Die nächsten Ferien sollten meinen langgehegten Traum erfüllen, in die Karibik zurückzukehren, dieses Mal zu dritt… Alles war bereits lange im Voraus bis ins Detail geplant, und mit Vorfreude gebucht, von der Lodge im Dschungel bis hin zum nächtlichen Baden in einer Biolumineszenz-Bucht.

Doch dann änderten sich die Zeiten. Schlagartig. Die Corona-Pandemie stellt die Welt auf den Kopf. Zur Eingrenzung der Ansteckungswelle wurde eine Ausgangsbeschränkung verhängt, weltweit, und unsere so gewohnte, selbstverständliche Bewegungs-Freiheit war dahin. So kam es, dass wir die Ferien im ersten Lockdown daheim verbrachten. Die kleine Wohnung wurde in dieser Zeit gut geputzt, der Keller endlich einmal ausgemistet, neue und alte Spiele gespielt, Bücher gelesen und Kuchen aller Art gebacken. Das Wetter zeigte sich uns gewogen, im April schon frühsommerlich warm und trocken, so dass ich mit meiner Tochter regelmäßig zu einem Spaziergang unterwegs war oder wir auf dem Rasen vor unserer Wohnung Federball spielten. So auch letzten Sonntagnachmittag. Die lauwarme Luft ermunterte die Vögel, uns ein wahres Konzert zu veranstalten. Unter unseren Schritten schwang federnd die vermoose Wiese, während wir uns um einen kontinuierlichen Ballwechsel bemühten. Dann zeichneten die letzten Sonnenstrahlen des Tages ein bezauberndes orangefarbenes Abendrot an den Himmel, und ich hielt kurz inne:

Wunderschön! Wie wunderbar es ist, jetzt hier zu sein, an diesem Ort, in meinem Element, im Fluss - und das, was ist, mit allen Sinnen wahrnehmen und genießen zu können.

Ein anderer „göttlicher Moment" stellte sich für mich in Kärnten ein. Das Grundstück meiner Schwiegereltern grenzt direkt an einen hügeligen Wald. Auf einem Spaziergang mit unbekanntem Ziel (oder auf der Suche nach Parasolpilzen) durchstreifen wir den Wald auf nur schwach erkennbaren Trampelpfaden. Der Waldboden federt unter unseren Schritten leicht nach, und ist dick mit Nadeln bedeckt. Wir bahnen uns den Weg durch die dichten, hohen Nadelbäume, und mit Unbehagen halte ich meine Hände vor's Gesicht, um die Spinnennetze abzuwehren, vor deren Bewohnerinnen mich gruselt. Die Sonnenstrahlen tanzen durch die Zweige und plötzlich macht mir die Natur ein unverhofftes Friedensangebot. Ich fühle mich im Einklang mit der Natur, als Teil der Schöpfung mit allem um mich herum tief verbunden (sogar den Spinnen). Alles hat seine Berechtigung und seinen Platz, und vor meinem geistigen Auge erkenne ich die idealen Plätze für Pilze!

Diese Momente sind nicht erklärbar; irgendetwas in unserem Gehirn sorgt für eine konzertierte Hormonausschüttung, es stellt sich ein Glücksgefühl chemischen Ursprungs ein. Wissenschaftlich betrachtet ist alles, was wir wahrnehmen „nur" ein Reiz, eine Wellenlänge oder Schwingung, die sich erst in unserem Gehirn zu einem Bildnis, einer Geräuschkulisse, einem Erleben zusammenfügen. Manche Philosophen und Filme (Matrix) stellten die Theorie auf, dass alles nur vor unserem geistigen Auge passiert, Schattentänze an der Höhlenwand, und nicht wirklich echt ist. Trotzdem – oder gerade deshalb sind solche göttlichen Momente etwas Besonderes, man kann sie nicht heraufbeschwören. Allerdings sind sie vor allem dann möglich, wenn man nicht zielgerichtet und gehetzt unterwegs ist.

Wenn der Mond zwinkert

von Marie Lou

Foto: Marie Lou

„Eben schon!" zischte Luca. "Blödsinn!" schnauzte Stefano zurück. "Selber blöd!" konterte Luca wiederum. So ging das schon seit geraumer Zeit auf dem Rücksitz des kleinen Fiat und Lisa, die auf dem Beifahrersitz vorne saß verlor langsam die Geduld mit ihren Söhnen. Normalerweise waren der 6 - jährige Luca und sein 8 - jähriger Bruder ein Herz und eine Seele und spielten gerne und ausgiebig miteinander. Nur heute schienen sie sich einfach nicht vertragen zu können. Dabei hatten sie sich alle beim Packen und Vorbereiten ihres jährlich wiederkehrenden Ausfluges nach Argimusco zusammen auf die bevorstehende Nacht unter freiem Himmel gefreut. Luca hatte seinen neuen Schlafsack eingerollt, Stefano ein paar warme Pullis und Socken für sich und Luca in seinen Rucksack gestopft und Marco, ihr Vater, hatte stolz seine neue Campinglampe vorgeführt, die er extra vor ein paar Tagen erstanden hatte. Lisa hatte Paprika und Äpfel in der Küche geschnitten und zusammen mit frischen Oliven, Wasserflaschen und Limonade für die Buben in den Cooler gepackt. Dabei hatte sie fröhlich vor sich hingesummt. Dann waren die Stimmen der Buben im Kinderzimmer immer lauter geworden und sie hatten begonnen sich über irgendetwas zu streiten. Marco war hineingegangen und hatte die Buben ermahnt sich zu beeilen. Sie wollten vor Einbruch der Dunkelheit Argimusco erreichen und die Fahrt dorthin durch die Berge würde immerhin 2 Stunden dauern. Sie wollten auch kurz auf dem Weg - wie jedes Jahr - in Montalbano Elicona bei Pepe vorbeischauen, frisches Brot, Käse, Salami und 2 Flaschen Bier für Marco in dem kleinen Alimentari einkaufen. Natürlich würde das ein wenig dauern, denn Pepe und Marco waren alte Schulfreunde und hatten immer auch das ein oder andere zu ratschen. „Hört jetzt auf!" Lisas Stimme war scharf und duldete keinen Widerspruch. Die Buben verstummten, rückten ein wenig ab voneinander und während Stefano's Lippen sich wütend schmal aufeinandergepressten, schmollte Luca zum Fenster hinaus. Die nächsten 40 Minuten bis Montalbano Elicona verliefen schweigend, nur das Radio dudelte ein paar Volksmusikweisen und Marco kommentierte fröhlich: "Es soll eine sternenklare Vollmondnacht werden sagt die Wettervorhersage!" Lisa lächelte ihm zu. „Wie schön", antwortet sie ihm ein wenig vage und warf nochmal einen strengen Blick auf den Rücksitz. Nach einem ausgiebigen Gespräch mit Pepe und den üblichen Einkäufen, nahmen sie die Weiterfahrt auf. Die Buben sprachen noch immer nicht miteinander. Lisa seufzte in sich hinein. Zumindest hatten sie aufgehört zu streiten. Da die Wettervorhersage so überaus vielversprechend war, fanden sie den kleinen Parkplatz am Eingang zum Natur- und Landschaftsschutzgebiet Argimuso (Riserva Naturale Orientata Bosco Di Malabotta) schon recht voll vor.

Schon beim Aussteigen war klar, dass sie am besten gleich in lange Hosen und ihre Pullis wechseln sollten. Auf einer Höhe von 12oo m über dem Meer war es eben gleich 20 Grad kälter als noch mittags unten bei ihnen am Meer. Außerdem wanderten sie meist fast 2 Stunden durch das sehr dornenreiche Gestrüpp der Hochebene, bevor sie sich einen Platz zum Übernachten suchten. Nachdem sie alle feste Schuhe und lange Hosen angezogen hatten, nahmen sie ihre Rucksäcke und den Cooler und wanderten los. Marco war ein großer Fan von Geschichte und Geologie und liebte es, während der Wanderung seine Familie an den faszinierenden Fakten dieses außergewöhnlichen Platzes teilhaben zu lassen. Auf dem höchsten Punkt der Hochebene angelangt genossen sie den weiten Blick, der sich ihnen bot, auf den Vulkan Ätna, die Liparischen Inseln, die Berge Rocca di Novara und Pizzo di Vernà, das Capo Tindari, das Capo Calavà und das Capo Milazzo. Marcos Vortrag über den Ursprung der bizarren Formen der Quarzsandsteinfelsen, den lokalen Überlieferung zu den zahlreichen Megalithen aus Quarzarsenit, den uralten Menhiren und den Megalithen, entstanden durch natürliche Winderosionen gingen heute völlig an Luca vorbei. „Die Anlage wird fälschlicherweise als megalithischer Komplex bezeichnet...", dozierte Marco, doch Lucas Gedanken waren ganz woanders. Er hatte letzte Nacht einen aufwühlenden Traum gehabt, den er gleich in der Früh mit seinem Bruder geteilt hatte...

Wir schliefen auf der Hochebene, und als ich nach oben schaute, war der Vollmond direkt über meinem Gesicht und hat mir zugezwinkert!" Luca war völlig atemlos. "Du weißt, was das heißt?" Stefano rieb sich müde die noch unausgeschlafenen Augen und zuckte nur die Schultern. Sein Bruder und seine Träume! Er seufzte. „Nein, was denn?" „Na, dass ein ganz großer Wunsch wahr wird!" Luca war fast beleidigt. Wie konnte Stefano das nicht wissen? Jetzt schaute ihn Stefano mit großen Augen an. "Woher hast du das denn?" Er wartete Lucas Antwort nicht ab. „Das ist doch völlig unwissenschaftlicher Quatsch!" Lucas Gesicht verzog sich schmerzlich „Du bist ja schlimmer als Papa!" Stefano versuchte die Situation zu retten: "Was hast Du denn für einen sooo großen Wunsch?" Aber Luca schnaufte nur vor Enttäuschung: „Das geht Dich gar nichts an!" Wie konnte sein Bruder nicht wissen, dass er sich seit Monaten nichts mehr wünschte als einen Hund zu bekommen? Er hatte doch schon so oft gebeten und gebettelt bei seinen Eltern! Wieso hatte das Stefano überhört? Aber die Antwort war auch immer die gleiche gewesen: "Kommt nicht in Frage!", hatten seine Eltern gesagt. "Die ganze Arbeit bleibt nur an uns hängen!" Und Lisa hatte nachgeschoben: "Und ich habe Angst vor Hunden, seit ich als Kind mal von einem gebissen wurde..." Und damit war das Thema vom Tisch gewesen.

Aber nicht für Luca. Er hatte weiter geträumt von seinem Hundewelpen, mit dem er in seinen Träumen spielte. Und dann dieser Traum letzte Nacht, kurz vor ihrem Ausflug nach Argimusco, diesem magischen Platz. Das konnte doch kein Zufall sein! „Der Adler ist einer der faszinierendsten Megalithen...

Foto: Marie Lou

In der Symbolik ist der Adler ein privilegiertes Wesen, das die Erde mit dem Himmel verbindet…" Marco liebte diesen Teil der Geschichte sehr und jedes Jahr machte er ein Familienbild vor diesem außergewöhnlichen Felsen…

„Verbindet Erde und Himmel…" hallte es in Lucas Kopf nach. Für ihn hieß das „Wahrheit und Traum". Er konnte es kaum erwarten, dass sie ihren Lagerplatz für die Nacht wählen und der Mond endlich aufgehen würde. Doch alles kam anders. Dicke Wolken zogen auf, und egal wie oft Marco auch die Wettervorhersage auf seinem Handy konsultierte, die angekündigte klare Vollmondnacht blieb aus. Kein Mond, keine Sterne waren zu sehen und am frühen Morgen wanderten sie unausgeschlafen und verfroren ob der kühlen Nacht schweigend zum Auto und fuhren nach Hause.

Zwei Wochen waren seit ihrem Ausflug vergangen als Lisa in Lucas Zimmer kam. „Hörst du das?" Luca sah von seinen Hausaufgaben auf. „Nein, was?" „Komm mit." Luca folgte seiner Mutter in ihren kleinen Garten vor dem Haus. Da hörten sie ein Wimmern und Rascheln im Busch am Gartenzaun. Als Luca den Busch inspizierte, fand er ein kleines hellbraunes Bündelchen darin. Ein Hundewelpen, vielleicht gerade mal 4 oder 5 Wochen alt. „Oh Mama!" Vorsichtig hob Luca mit beiden Händen das winselnde Etwas aus dem Busch. Lisa schüttelte den Kopf. „Jemand muss den Welpen über den Zaun geworfen haben. Was es nur für Menschen gibt!"

Sie brachten den Welpen ins Haus, rubbelten ihn sauber und trocken. Er hörte zu Winseln auf und leckte dankbar ihre Hände. Da musste sogar Lisa lächeln. „Ein süßer Fratz - der muss ja hungrig sein, so ein kleiner Knopf, ganz alleine ohne Mutter." Sie holte die neulich liegen gebliebene Babyflasche ihrer kleinen Nichte, reinigte den Sauger und füllte ein wenig warme Milch in die Flasche und gab sie Luca in die Hand. „Dann versuch mal, ob er das nimmt." Das kleine Bündel begann gierig zu saugen und als die Flasche leer war, schlief es einfach auf Lucas Arm ein. Mit großen Augen bettelte Luca: „Mama, darf ich ihn behalten…. BITTE!!" Lisa wog den Kopf hin und her. „Hmm, naja, erstmal, bis er sich erholt hat, dann sehen wir weiter." Luca holte zwei alte Handtücher und legte den Welpen neben sich in sein Bett. Als die Nacht hereinbrach und Luca sich neben das kleine Bündel legte wisperte er beim Einschlafen: "Ich werde dich Luna nennen." In dieser Nacht zwinkerte der Mond ihm leise zu.

Bis zur Eiche

von Julia Österreicher

„Na los!", schrie Elizabeth ausgelassen und lehnte sich auf ihrer Stute weiter nach vorne, „Du bist doch sonst nicht so lahm!"

Als sie sah, dass Andrew sich ebenfalls auf seinem Pferd nach vorne beugte und an Schnelligkeit gewann, ließ sie die Zügel ihrer Stute Missy schnalzen und galoppierte ihm davon. Der warme Wind peitschte ihr durch die Kleider und zerrte an ihren Haaren, die sich langsam aus dem strengen Zopf zu lösen begannen. Doch es kümmerte sie nicht. Sie liebte es zu reiten und noch mehr liebte sie es mit Andrew um die Wette zu reiten.

Noch ein gutes Stück entfernt ragte die alte Eiche aus der Wiese hervor, welche ihnen als Ziellinie diente und beide keuchten vor Anstrengung und Freude zugleich.

Auf einmal tauchten die Nüstern von Andrews Hengst an ihrer Seite auf und als sie beide das Letzte aus ihren Pferden herausholten schossen sie zeitgleich am Baum vorbei und rasten beinahe unkontrolliert weiter.

„Du bist verrückt!", schrie Andrew und zügelte sein Pferd, „Absolut verrückt!"

Elizabeth grinste nur und nachdem sie ihr Pferd zum Stehen gebracht hatte sprang sie leichtfüßig von dessen Rücken hinunter in das weiche Gras.

„Ich kenne wirklich niemanden, der in so einem halsbrecherischen Tempo über die Felder prescht!"

Doch er lachte dabei und schwang sich ebenfalls aus dem Sattel. Elizabeth wischte sich die verschwitzten Hände am Rocksaum ihres abgenutzten Reitkleides ab und band die Decke los, welche sie hinten am Sattel befestigt hatte.

Währenddessen rieb Andrew die Pferde trocken und band sie an der großen Eiche fest. Gemeinsam setzten sie sich auf die Decke und begannen sich hungrig über ihren Proviant aus einer von Elizabeth stibitzten Flasche Wein, einem kleinen Laib Brot und Käse herzumachen.

„Hast du das Buch dabei?", fragte Andrew mit halb vollem Mund, „Oder hast du es wieder vergessen?"

„Natürlich habe ich es mitgenommen!", gab sie zurück und rollte übertrieben mit den Augen, „Ich habe es nur ein einziges Mal vergessen und das musst du mir nicht immer wieder neu unter die Nase reiben."

Andrew lachte und warf ein Stück Brot hinter ihr her als sie aufstand und zu ihrer Stute zurückging. Aus einer der Satteltaschen holte sie ein kleines in Leder eingebundenes Buch hervor und ging zu ihm zurück. Der Einband war bereits ein wenig abgewetzt und die Seiten vom vielen Durchblättern ganz dünn geworden. Doch die kleinen Buchstaben waren nach wie vor gut leserlich und Ein Sommernachtstraum war neben Romeo und Julia Elizabeths Lieblingswerk seit sie es vor vier Jahren zu ihrem fünfzehnten Geburtstag geschenkt bekommen hatte. Sie reichte es an Andrew weiter und der nahm es lächelnd entgegen.

Er wusste genau was sie vom ihm wollte. Ihre gemeinsamen Ausflüge liefen für gewöhnlich auf dieselbe Weise ab: zuerst lieferten sie sich ein halsbrecherisches Rennen über die Felder des Anwesens um Blackmore Manor bei dem sie beide ein ums andere Mal ihren Hals riskierten, nur um dann erschöpft unter der großen Eiche ein kleines Picknick zu veranstalten. Danach las Andrew ihr jedes Mal etwas vor und sie konnte für den Augenblick alles andere um sich herum vergessen.

Sobald Andrew zu lesen begann, legte Elizabeth sich zufrieden lächelnd auf den Rücken und schloss entspannt die Augen.

Der geheime Rosengarten

von Julia Österreicher

Foto: Joy C. Green

Cleo kuschelte sich tiefer in ihre flauschige Decke und sog in tiefen Zügen die kühle Nachtluft ein. Mit geschlossenen Augen lauschte sie ihrer Umgebung und merkte, wie sie sich entspannte.

Wenn sie einen besonders langen Arbeitstag hinter sich hatte, nahm sie sich vor dem zu Bett gehen Zeit wieder bei sich anzukommen.

Der beste Platz dafür war auf der begrünten Dachterrasse ihres Wohnblocks. Kurz nach ihrem Einzug vor knapp drei Jahren hatte sie hinter einer besonders dichten Hecke einen kleinen geheimen Rosengarten entdeckt, den sie seither für sich alleine hatte, wann immer sie ihn brauchte. Cleo wusste nicht, wer dieses kleine Paradies ursprünglich erschaffen hatte, doch sie stellte sich gerne ein älteres Ehepaar vor, welches im Ruhestand gemeinsam die wunderschönen Rosenstöcke angebaut und gehegt und gepflegt hatte.

Wann immer sie durch die Hecke schlüpfte, spürte sie, wie ihre Lasten nach und nach von ihr abfielen. Der kleine Holzhocker, auf dem sie immer saß, war inzwischen ganz abgenutzt, doch in ihren Augen bequemer als jede Couch.

Mit den Fingerspitzen fuhr sie an den zarten Blütenrändern entlang. Links neben ihr rankten sich tiefrote Rosen an einem Bogen entlang nach oben. Die Blütenköpfe waren beinahe faustgroß und verströmten einen kaum wahrnehmbaren lieblichen Duft. Auf der anderen Seite quollen weiße Rosen weit über die Ränder des inzwischen zu kleinen Beets und hatten fast den Boden erreicht. Beinahe schuldbewusst zwickte Cleo ein besonders großes und prachtvolles Exemplar ab und zwirbelte den kurzen Stängel zwischen ihren Fingern hin und her.

Die sich drehende Blume hatte eine nahezu hypnotisierende Wirkung und brachte sie unwillkürlich zum Lächeln.

Zufrieden legte Cleo den Kopf in ihren Nacken und hörte dem Rascheln der Blätter und den weiter entfernten Geräuschen der Stadt zu. Das leise Hupen der Autos, hier und da ein bellender Hund oder das allgemeine Brummen und Summen der Stadt trugen dazu bei, dass sie zwar Abstand von ihrem Alltag nehmen konnte, jedoch nach wie vor eine kleine Verbindung spürte.

Hier oben war es immer friedlich und ruhig. Es gab keine Hektik, keinen Stress und keine Deadlines. Cleo konnte einfach sie selbst sein, in sich hineinspüren und den Tag verarbeiten.

Manchmal halfen ihr nur zehn Minuten auf dem Dach, an anderen Tagen verbrachte sie beinahe eine Stunde dort.

Heute dauerte es wieder etwas länger, doch als sie weit nach Sonnenuntergang in ihre Wohnung zurückging, die Rose in ein Glas stellte, sich einen Tee aufbrühte und auf der Couch zusammenrollte, spürte sie wie immer die innere Ruhe und Gelassenheit, nach der sie sich abends so sehr sehnte.

Ihr kleiner geheimer Rosengarten hatte ihr wie jeden anderen Tag zuvor geholfen.

Christine B. (21.03.1953-4.10.2019)

Weil Du mir nach wie vor Inspiration
und Hoffnung bist - Joy

Herzlichen Dank an die Autorinnen:

Joy C. Green

Conny K.

Evelyn N.

Elke

Esther

Gabi F-S

Heidi

Irene W.

Julia Österreicher

K.S.

Marie Lou

Micha B.

Moni M.

Patricia B.

Ursula Nitsche-Sieger

Ursula W.

Cover Design
- **Front** von Dennis Meyerding und Phyllis Green
- **Rückseite** von Dennis Meyerding und Alvin Green